Christine Fehér
Neues vom Brunnenplatz

cbj

DIE AUTORIN

Christine Fehér wurde 1965 in Berlin geboren. Neben ihrer Arbeit als Lehrerin schreibt sie seit einigen Jahren erfolgreich Kinder- und Jugendbücher. Sie lebt mit ihrer Familie am nördlichen Stadtrand von Berlin.

Von Christine Fehér ist bei cbj erschienen:

»Wir vom Brunnenplatz« (22406)

»Marie und die Neue« (21826)
»Marie im Familienchaos« (22062)
»Marie im Weihnachtsfieber« (22084)

Christine Fehér

Neues vom Brunnenplatz

Mit Illustrationen
von Elisabeth Holzhausen

cbj

cbj
ist der Kinder- und Jugendbuchverlag
in der Verlagsgruppe Random House

MIX
Papier aus verantwortungsvollen Quellen
FSC® C014496
FSC
www.fsc.org

Verlagsgruppe Random House FSC® N001967
Das für dieses Buch verwendete
FSC®-zertifizierte Papier *München Super Extra*
liefert Arctic Paper Mochenwangen GmbH.

1. Auflage
Originalausgabe Mai 2013
Gesetzt nach den Regeln der Rechtschreibreform

Umschlag- und Innenillustrationen:
Elisabeth Holzhausen
Umschlaggestaltung: Basic-Book-Design,
Karl Müller-Bussdorf
MI · Herstellung: ReD
Satz: Uhl + Massopust, Aalen
Druck und Bindung: GGP Media GmbH, Pößneck
ISBN: 978-3-570-22385-7
Printed in Germany

www.cbj-verlag.de

Das Ende der Clubzentrale?

»Steh auf, Olli«, sagte meine Mutter am Sonntagmorgen. »Kerim ist da und will dich zum Spielen abholen.«

Ich war noch so müde, dass ich noch gar nicht aus dem Fenster gesehen hatte. Aber jetzt sah ich es und konnte es kaum glauben. Vom grauen Himmel nieselte ein eintöniger Regen gegen die Fensterscheibe in meinem Zimmer. Dabei war es am Abend zuvor noch so sonnig und warm gewesen, dass wir bis spät abends eine Brunnenplatz-Party gefeiert haben. Wir Kinder aus unserem Hochhaus am Brunnenplatz 10 und unsere Eltern hatten einfach ein kaltes Büffet am Delfinbrunnen aufgebaut und plötzlich kamen immer mehr Leute aus den anderen Hochhäusern dazu und feierten mit. Da habe ich mal wieder gemerkt, wie toll ich es finde, dass wir in den Sommerferien hierher in die Brunnenplatz-Siedlung gezogen sind. Auch wenn manche Erwachsene »Betonwüste« dazu sagen, weil es hier eben viele Hochhäuser gibt und keine Gärten wie in unserer alten Gegend.

Bevor es weitergeht, muss ich natürlich erst mal erzählen, wer alles zu unserer Brunnenplatz-Bande gehört. Kerim hat meine Mutter schon erwähnt – er kommt aus der Türkei, ist genau wie ich zehn Jahre alt und mein bester Kumpel. Er wohnt im zwölften Stock in unserem Haus am Brunnenplatz 10, und das ist das Einzige, was mich manchmal an ihm stört. Nur weil er in der obersten Etage wohnt, glaubt Kerim, er wäre der Chef von uns allen. Nett ist er aber trotzdem, und wenn es hart auf hart kommt, hält Kerim immer zu mir. Meine Schwester Emma spielt am liebsten mit seiner Schwester Rima. Sie sind beide acht Jahre alt und halten auch immer zusammen, egal was passiert.

Meine Eltern, Emma und ich wohnen im zehnten Stock und sonst wohnt kein Kind mehr zwischen uns. Deshalb holt Kerim mich immer zuerst ab, wenn er draußen spielen will. Auf dem Weg nach unten klingeln wir auch noch alle anderen Kinder raus: Im siebten Stock wohnt die etwas pummelige Celina, die neun Jahre alt ist und fast immer ein bisschen stänkert, und ihre Bulldogge Hammer, die viel böser aussieht, als sie ist. Meistens nimmt Celina Hammer mit raus, wenn wir uns alle treffen.

Genau unter ihr wohnt Hung aus Vietnam. Hung ist neun Jahre alt und so klug wie ein Professor. Er hat immer seine Hosentaschen voller wichtiger Sachen, die uns schon oft nützlich waren. Celina und Hung sind beide Einzelkinder.

Im vierten Stock wohnt Violetta aus Polen. Sie ist mit elf Jahren die Älteste von uns, aber das jüngste Kind in ihrer Familie, denn ihre älteren Geschwister sind alle schon erwachsen und wohnen woanders. Violetta ist für mich das schönste Mädchen der Welt – ich muss immer aufpassen, dass keiner von den anderen merkt, dass ich sie heimlich liebe. Violetta ist nämlich nicht nur schön, sondern auch richtig nett. Wenn es Streit gibt, will sie immer schlichten und gibt nicht an, nur weil sie älter und größer ist als wir anderen. Ob sie mich auch liebt, weiß ich nicht. Ich glaube nicht. Aber manchmal lächelt sie mich an.

Tür an Tür mit Violetta wohnt der kleine Benni. Er wird bald sechs Jahre alt und kommt jetzt in die Schule. Violetta passt oft auf ihn auf, weil seine Mutter so viel arbeiten muss. Seinen Vater kennt Benni gar nicht.

»Vielleicht ist er deshalb manchmal so wild«, sagt meine Mutter, und ich glaube, da hat sie recht. Benni kann stundenlang das ruhigste Kind der Welt sein, aber dann dreht er plötzlich auf und macht verrückte Sachen, mit denen er uns schon manchmal in echte Schwierigkeiten gebracht hat. Wenn wir ihn mitnehmen, sind wir ja für ihn verantwortlich. Und den Ärger kriegen meistens auch wir, wenn er was angestellt hat. Das wollen wir aber so, damit nicht Violetta alles alleine ausbaden muss.

So laufen wir also wie ein immer länger werdender Tausendfüßler die Treppen hinunter. Erst wenn wir unten am Delfinbrunnen angekommen sind, überlegen wir alle zusammen, was wir machen wollen.

Habe ich schon gesagt, was der Delfinbrunnen ist? Er ist ein Springbrunnen, der genau in der Mitte vom Brunnenplatz steht, und die Hochhäuser stehen alle drum herum. In dem Brunnen sind fünf Delfine aus Stein, die so aussehen, als ob sie im Wasser spielen und dabei ihre Fontänen in die Luft sprühen. Einen schöneren Treffpunkt für unsere »Brunnenplatz-Bande« kann ich mir überhaupt nicht vorstellen. Am liebsten würden wir an heißen Sommertagen im Delfinbrunnen baden, aber das ist leider verboten. Das wissen wir, seit wir es einmal gemacht haben und von der Meckerliese verjagt wurden, einer komischen Frau aus dem Hochhaus Nummer 14, die fast immer schimpft, egal was wir tun.

»Heute würdest du dir dabei sowieso eine Grippe einfangen, Olli«, sagte Celina, als wir ganz unten angekommen waren. »Bei dem Wetter.«

Es war aber der letzte Tag in den Sommerferien. Morgen fing die Schule wieder an. Da wollte ich mir von dem bisschen Regen nicht die Laune verderben lassen und meine Freunde wollten das auch nicht. Also gingen wir alle zusammen raus.

»Ist doch gut, dass es regnet«, meinte Kerims Schwester Rima. Sie muss manchmal auf ihre kleine Schwester Gül aufpassen, die noch ein Baby ist, aber an diesem letzten Feriensonntag durfte sie spielen gehen. »Dann ist es nicht so schlimm, wenn wir wieder in die Schule müssen. Besser als bei dreißig Grad im Schatten.«

Wir überlegten, was wir machen konnten. Ich wollte vor allem Freddie abholen, meinen afrikanischen Freund aus unserer alten Gegend. Ihn hatten wir abends bei der Party getroffen, weil er mit seiner Familie auch an den Brunnenplatz gezogen war. Der Schuft hat mir nichts davon verraten! Ich habe vielleicht Augen gemacht, als er plötzlich vor mir stand! Deshalb konnte ich es gar nicht erwarten, endlich wieder mit ihm zu spielen.

»Er wohnt aber nicht in unserem Haus«, zickte Celina mich an. »In unserer Clubzentrale hat er dann schon mal gar nichts zu suchen.«

Ich wollte protestieren, aber Kerim zwinkerte mir zu, nahm mich kurz beiseite und flüsterte, wir würden das später schon klären. Also unternahm ich erst mal nichts weiter, aber Celina behandelte ich ein paar Minuten lang wie Luft.

Da wo Emma und ich gewohnt haben, bevor wir zum Brunnenplatz gezogen sind, haben wir bei Regenwetter immer unsere Gummistiefel angezogen und sind durch alle Pfützen gesprungen, dass es nur so spritzte. Aber als ich das jetzt den anderen vorschlug, stellte sich heraus, dass nur Benni, der Kleinste von uns, Gummistiefel besaß. Auch einen richtigen wasserdichten Regenmantel hatte nur er.

»Im Kindergarten *mussten* wir so was haben«, sagte er. »Da waren wir ganz oft im Regen draußen. Am besten fand ich es, wenn die Autos so richtig durch die Pfützen gerast sind und uns nass gespritzt haben. Einmal war hinterher mein ganzes Gesicht schwarz.«

»Iiiih«, meinte Violetta und sah aus, als ob sie Bennis Gesicht am liebsten gleich säubern wollte. Dabei war er gar nicht *jetzt* nass und dreckig, sondern hatte nur davon erzählt.

Aber auch die Stoffjacken von Kerim und Hung hatten sich schon nach ein paar Minuten vollgesogen wie der Tafelschwamm im Wassereimer in der Schule. Dicht aneinandergedrängt standen wir unter dem Regendach unserer Haustür.

»Wenn wir nicht nass werden wollen, müssen wir immer ganz dicht an den Häuserwänden langgehen«, meinte Emma. Schon fingen sie und Rima an, sich an die Wand gedrückt im Krebsgang fortzubewegen.

»Von hier bis zur Toreinfahrt«, bestimmte Kerim. »Wer am wenigsten nass geworden ist, hat gewonnen!«

Der Vergleich war gar nicht so einfach. Violettas lange Haare hatten an den Spitzen ziemlich viel Regen abbekommen, Benni trug nicht seine Gummistiefel, sondern Sandalen, und seine Socken waren vorne schon nass. Ich wäre einmal beinahe gestolpert und hatte mich dabei einen halben Meter zu weit vom Haus entfernt – prompt bekam ich einen nassen Rücken. Celina wollte zuerst nicht mitgehen und war in unserem Hauseingang stehen geblieben, rannte dann aber doch hinter uns her und wurde am nassesten von uns allen. Blieb nur noch Hung.

»Ich hab nicht einen Tropfen abgekriegt«, sagte er und ließ uns alle seinen Anorak abtasten. So ganz stimmte das aber auch nicht. Von seinen Schuhen waren ein paar Spritzer bis zu den Hosenbeinen gelangt. Auch wenn er meinte, das wären schon ältere Flecken. Emma und Rima, die ganz vorsichtig mit Trippelschrittchen gegangen waren, sagten, sie wären trockener als Hung. Celina wollte gerade prüfen, ob die schmuddeligen Spritzer an Hungs Jeans wirklich schon älter waren oder noch feucht, da fing Benni auf einmal an, auf und ab zu hüpfen wie ein Flummi.

»Guckt mal da!«, rief er und deutete zu dem offenen Garagentor. »Alles voller Sperrmüll! Wollen wir mal gucken gehen, ob wir was davon gebrauchen können?«

Sofort ließen Kerim und Celina von Hungs Hosenbeinen ab und wir stürmten los. »Da ist bestimmt was für unsere Zentrale dabei!«, schrie Kerim. Unter wildem Gejohle stürmten wir in die offen stehende Garage und begutachteten die Schätze. Es war ein richtiges Möbellager. Damit würden wir den Kellerraum, den wir uns vor Kurzem heimlich als Clubzentrale erobert hatten, wie eine richtige Wohnung einrichten können.

»Seht mal, das Sofa hier!«, rief Violetta begeistert aus. »Das brauchen wir unbedingt!« Mit einem eleganten Sprung warf sie sich auf ein großes Sofa, das ganz mit weinrotem Samt bezogen und so weich war, dass sie richtig darin versank. Benni stürzte sich ebenfalls gleich darauf und sprang herum wie auf einem Trampolin.

»Viel zu groß«, erwiderte Hung. »Der Raum ist, wenn es hoch kommt, eineinhalb Meter breit und drei Meter lang. Wenn dieses Ungetüm darinsteht, hat fast nichts anderes mehr Platz.«

»Aber es ist so gemütlich!«, jammerte Violetta.

»Und so elegant«, fand Rima und strich geradezu andächtig über eine der breiten Armlehnen. »Es sieht aus wie aus einem Märchenschloss.«

»Trotzdem zu groß«, sagte Kerim und winkte uns alle zu sich heran. »Nehmen wir lieber diese Stehlampe hier! Die können wir wirklich gebrauchen, dann sparen wir die Batterien für unsere Taschenlampen.«

Dagegen konnte keiner etwas sagen. Kerim versuchte bereits, sie zwischen zwei Kartons, in dem lauter leere Büroordner lagen, hervorzuzerren. Hung hatte ein altes Kofferradio gefunden und drehte am Einschaltknopf. Es knackte und knirschte darin, während er versuchte, einen Sender einzustellen, und plötzlich ertönte einer unserer Lieblings-Sommerhits. Ich begann, so abgehackte Tanzbewegungen dazu zu machen, die ich mir mal bei Kerim abgeschaut hatte, stolperte aber, weil ich immer noch neben ihm zwischen dem Deckenfluter und den Pappkartons stand. Schon kippte ich vornüber zum Sofa hin und landete genau auf Violettas Schoß.

»Wow, Olli!«, rief Celina. »Du gehst ja ganz schön ran!«

Ich spürte, wie heißes Blut in meinen Kopf schoss, und hoffte, dass niemand mitbekam, wie rot ich wurde. Plötzlich jedoch spürte ich eine Hand in meinem Nacken und wurde nach oben gezogen. Als ich aufsah, blickte ich geradewegs in die schmalen, dunklen Augen unseres Hausmeisters. Er schnaubte. Sein Atem stank nach Zigaretten.

»Ihr schon wieder«, brummte er und schob sein Kinn vor, sodass er fast aussah wie Celinas Bulldogge Hammer. »Was soll dieses Geschrei? Hat man denn nicht mal am Sonntag Ruhe vor euch? Was habt ihr hier zu suchen?«

Hung stellte schnell das Radio ab. Benni sprang vom Sofa und baute sich vor dem Hausmeister auf.

»Wir wollen Sachen für unsere Clubzentrale holen«, sagte er. »Du brauchst sie ja nicht mehr.«

»Pscht«, machte Hung und presste seine Hand auf Bennis Mund. Aber es war zu spät.

»So, so, eure Clubzentrale«, wiederholte der Hausmeister. »Sicher meinst du den Kellerraum, der schon aussieht wie ein halbes Kinderzimmer, wie?«

Benni und wir anderen nickten. Mir schwante nichts Gutes.

»Den könnt ihr vergessen. Im elften Stock ziehen morgen neue Mieter ein, zu ihrer Wohnung gehört der Raum. Auf geht's, ab in den Keller mit euch. In einer halben Stunde ist der Raum ratzeputze leer.«

Es blieb uns nichts anderes übrig, als hinter ihm her zu trotten. Mit lahmen Bewegungen führten wir seinen Befehl aus. Emma und Rima fingen fast an zu heulen, als wir alles draußen hatten und der Hausmeister ein Vorhängeschloss anbrachte.

»Toller letzter Feriensonntag«, murmelte Celina.

»Da hätte ich gleich am Computer bleiben können«, meinte auch Hung.

»Wir essen sowieso bald«, maulte Rima. Tatsächlich zog aus mehreren Wohnungstüren schon Essensgeruch durchs Treppenhaus. Stumm nahmen wir unsere Sachen aus der Zentrale und stapften nach oben, ohne uns für den Nachmittag zu verabreden. Uns war die Lust aufs Spielen vergangen.

Bei uns gab es zum Mittagessen Gulasch mit Nudeln und das ist eigentlich eines unserer Leibgerichte. Jedenfalls wenn am Fleisch keine Fettstückchen sind.

»Ich habe wirklich alles ganz sorgfältig abgeschnitten«, sagte meine Mutter, als sie Emma und mich in unseren Tellern herumstochern sah. »Was ist denn nur los mit euch?«

Ich sah Emma an, Emma sah mich an. Schließlich platzte Emma heraus und erzählte, was passiert war.

»Das hätte ich euch gleich sagen können, dass eure Zentrale nicht von Dauer sein wird«, meine Papa. »Ihr wisst doch, wie der Hausmeister drauf ist.«

»Gestern bei der Brunnenplatzparty war er nett«, erinnerte Emma.

»Aber ihr hättet den Hausmeister fragen müssen«, fand auch Mama. Dann sah sie Papa an. »Trotzdem – eigentlich fehlt den Kindern wirklich ein Raum, wo sie bei schlechtem Wetter auch mal laut sein können, meinst du nicht?«

»Ich klingel nachher mal beim Hausmeister«, versprach Papa. »Vielleicht fällt uns ja zusammen etwas ein. Aber jetzt wird erst mal richtig gegessen.«

Seltsamerweise schmeckte uns das Gulasch danach gleich viel besser. Es waren auch wirklich keine Fettränder mehr dran. Ich ließ es mir schmecken, bis mein Teller ganz leer gegessen war. Zum Nachtisch gab es Eis. Vielleicht würde der Tag ja doch noch gut ausgehen.

Nach der Mittagspause fuhren mein Vater, Emma und ich mit dem Fahrstuhl runter zum ersten Stock, wo der Hausmeister wohnt. Papa klingelte, Emma und ich hielten uns in sicherer Entfernung eine halbe Treppe höher versteckt. Kurz darauf hörten wir den hinkenden Schritt des Hausmeisters hinter der Tür näher kommen. Mein

Herz klopfte wie wild. Emma krallte sich in meinem Pulloverärmel fest. Dann ging die Tür auf. Der Hausmeister stand vor Papa und riss die Augen auf, als hätte er Besuch von einem Gespenst bekommen.

Papa grüßte ihn freundlich und schüttelte ihm die Hand. Dann erklärte er kurz, worum es ging. Der Hausmeister zog an seiner Zigarette, blies den Rauch ins Treppenhaus und hob die Schultern.

»Und wo soll ich einen Raum für die Monsterbande hernehmen, wenn ich fragen darf?«, wollte er wissen.

»Das möchten wir ja mit Ihnen klären«, sagte Papa. »Ich schlage vor, gemeinsam durch den Keller zu gehen. Vielleicht findet sich doch noch ein warmer, trockener Raum, der sonst nicht genutzt wird.«

»Sie machen Witze«, knurrte der Hausmeister. Aber dann nahm er doch ein dickes, klimperndes Schlüsselbund von einer Kommode in seinem Korridor und kam raus. Emma und ich kamen mit leisen Schritten von unserem Treppenabsatz herunter und grüßten ihn ebenfalls freundlich.

»Ihr schon wieder«, knurrte er, genau wie am Vormittag. Aber ich sah ganz genau, dass er mit dem Mundwinkel, in dem die Zigarette hing, ein wenig grinste. Dann stapfte er uns voran die Treppe hinunter zum Keller.

Ich hatte noch gar nicht gewusst, wie viele Türen der Keller unseres Hochhauses hatte. Gleich als Erstes kamen wir in den Trockenraum, den kannten wir schon. Mehrere Wäscheleinen waren von einer Wand zur anderen gespannt und ich dachte gleich daran, wie gut man hier Verstecken oder Gespenst spielen könnte, wenn hier richtig viele Bettlaken hingen. Der Hausmeister öffnete noch eine weitere Tür daneben. Hier standen nur ein paar leere Regale herum, ein Besen lehnte an der Wand, und in einer Ecke entdeckte ich einen Eimer mit Streusand für den Winter. Das war alles. Mein Vater sah den Hausmeister fragend an.

»Das ist ein Lagerraum«, meinte der jedoch. »Wer weiß, wozu der vielleicht noch gebraucht wird.«

»Aber es lagert doch niemand etwas darin, wie man sieht«, entgegnete mein Vater. »Oder wie lange steht der Raum schon so leer wie jetzt?«

Der Hausmeister wiegte den Kopf hin und her. »Ein paar Jahre sind es. Muss ich ja zugeben.«

»Was spricht dann dagegen, dass die Kinder bei schlechtem Wetter hier spielen?«, forschte Papa nach. »Hier können sie laut sein, ohne jemanden zu stören, und wir Eltern müssen keine Angst haben, dass ihnen auf der Straße etwas passiert.«

Der Hausmeister warf seinen Zigarettenstummel auf den Boden und trat ihn aus.

»Also gut«, brummelte er. »Versuchen wir es, bis der Raum anderweitig gebraucht wird. Aber ich will keine

Klagen von den anderen Mietern hören, verstanden?« Er warf Emma und mir einen warnenden Blick zu. »Ihr benehmt euch da drin und haltet den Raum auch sauber.«

»Versprochen!«, riefen wir wie aus einem Munde. Dann drehten wir uns um und rannten los. »Wir sagen nur schnell den anderen Bescheid!«, rief ich. »Wenn wir uns beeilen und Kerims große Brüder mithelfen, sind wir vielleicht bis heute Abend mit unserer neuen Zentrale fertig! Dürfen wir auch Sachen von dem Sperrmüll in die Garage stellen?«

»Der Mieter, dem sie gehören, hat gesagt, ihm ist es egal, was damit passiert. Was ihr nicht nehmt, wird morgen früh abgeholt und verschrottet«, antwortete der Hausmeister.

Wir hatten Glück. Weil es ein Sonntag war, hatten Kerims Brüder, die eine eigene Umzugsfirma haben, tatsächlich Zeit und packten ordentlich mit an. Die schweren Sachen trugen sie, die leichten schafften wir Kinder selbst heran. Wir schufteten den ganzen Nachmittag und unsere neue Zentrale wurde immer gemütlicher. Jeder brachte wieder Teppiche, Kissen, Decken, Spielsachen und Bücher mit und stellte sie in das Regal, das Violetta extra ausgewischt hatte. Wir hängten Poster auf und stellten die Stehlampe aus der Garage neben das Sofa, das für diesen Raum überhaupt nicht zu groß war, denn er war ja viel breiter als unsere alte Zentrale. Rima stellte zwei Töpfe mit lila Stoffblumen aufs Fensterbrett.

»Ich hole noch meinen CD-Spieler«, verkündete Hung. »Dann könnten wir Hörspiele hören. Ich habe *Drei Fragezeichen, TKKG, Emil und die Detektive* ...«

»Wir brauchen auch noch eine CD mit Partymusik«, meinte Kerim. »Und hat keiner die *Wilden Fußballkerle*? Die finde ich am besten.«

»Olli«, sagte Emma. »Der hört die immer vorm Einschlafen, dabei kann er sie schon auswendig.«

»Bin gleich wieder da«, verkündete ich und flitzte wieder nach oben. In mir kribbelte alles vor Aufregung. Nie im Leben hätte ich gedacht, dass dieser Tag noch so toll werden würde.

Verstärkung für die Monsterbande

Sobald ich meine CDs geschnappt hatte, wollte ich im Treppenhaus den Fahrstuhl holen, um so schnell wie möglich wieder im Keller zu sein. Aber er kam nicht. Ich drückte und drückte auf den Knopf, ohne dass etwas geschah. Dann jedoch hörte ich eine Etage über mir Geräusche und ahnte, was los war. Die neuen Mieter, von denen der Hausmeister gesprochen hatte, zogen ein. Heute schon!

»Immer wenn es schnell gehen muss«, murmelte ich und wollte gerade die Treppe nach unten rennen, als ich oben die Fahrstuhltür zuschlagen hörte. Rasch drückte ich noch einmal auf den Knopf, und tatsächlich – er setzte sich in Bewegung und kam abwärtsgefahren! Als er vor mir hielt, erkannte ich jedoch durch die Glasscheibe in der Tür, dass er besetzt war. Ich erkannte Kerims Bruder Alper, der offenbar auch den neuen Mietern beim Umzug half. Er grinste mich an und stieß die Tür von innen auf.

»Guck mal, Olli«, sagte er. »Verstärkung für die Monsterbande. Wenn es so weitergeht, braucht ihr bald ein Klassenzimmer als Clubzentrale.« Er klopfte meinem alten Freund Freddie, der neben ihm stand und eine leere Sackkarre festhielt, auf die Schulter.

Ich starrte die beiden an.

»Freddie«, stieß ich hervor, »was machst *du* denn hier? Ich dachte, du wohnst im Haus gegenüber?«

Freddie grinste. Seine Zähne leuchteten wie weiß bemalt.

»Bis heute«, antwortete Freddie. »Unsere Wohnung dort war viel zu klein für uns alle, deshalb haben wir gewartet, bis uns die Hausverwaltung eine größere anbietet. Wir hatten nur ein Wohnzimmer und ein Schlafzimmer und hier bekommen meine Schwester und ich sogar jeder ein eigenes Zimmer. Ein Glück!« Er pustete seine Backen auf und blies die Luft wieder heraus.

»Ihr habt mit euren Eltern in einem Zimmer geschlafen?«, fragte ich. Manchmal gehen Emma oder ich zwar auch noch nachts zu Mama und Papa, wenn wir schlecht geträumt haben, aber gar kein Kinderzimmer zu haben, ist bestimmt doof. Freddie schüttelte den Kopf.

»Das nicht – meine Eltern haben im Wohnzimmer geschlafen. Aber meine Schwester singt manchmal im Schlaf. Wolltest du gerade zu deinen Freunden?«

Ich nickte. Bestimmt erwartet er jetzt, dass ich ihn mitnehme, dachte ich; und eigentlich wollte ich das auch.

Aber etwas wurmte mich daran, dass er ab heute hier wohnen würde: Freddie zog gerade in den elften Stock ein, und das bedeutete, er würde zwischen mir und Kerim wohnen. Ich hatte Angst, dass Kerim dann vielleicht Freddie als besten Freund haben wollte. Oder dass er der Bandenchef sein würde, wenn Kerim mal nicht da war.

Aber erst mal erzählte ich ihm von unserer Clubzentrale im Keller. Dabei dachte ich nach und kam zu dem Schluss, dass die anderen Freddie sowieso bald treffen würden. Da konnte ich ihn genauso gut gleich mit in die Zentrale nehmen.

Noch etwas zögernd berichtete ich ihm, was wir gerade machten. Freddie hörte mir mit offenem Mund zu, während Alper den Knopf ins Erdgeschoss bediente und wir abwärtsfuhren. Als ich fertig war, blickte Freddie den Umzugshelfer fragend an, aber Alper lachte nur.

»Geh ruhig mit«, sagte er. »Den Rest schaffen wir schon allein. Du hast wirklich super mit angepackt, Großer.«

Die anderen staunten, als ich mit Freddie in der Clubzentrale ankam und erzählte, dass er zu den neuen Mietern gehörte, denen der alte Raum gehörte. Emma und Rima quiekten leise wie zwei Meerschweinchen, steckten ihre Köpfe zusammen und kicherten, Celina verdrehte die Augen, Violetta lächelte ihn still an. Kerim und Hung nickten ihm zu und gaben ihm die Hand. Benni sprang wieder auf dem Sofa herum und achtete nicht weiter auf Freddie.

Freddie pfiff durch die Zähne, als er sah, wie gut wir unseren Raum eingerichtet hatten.

»Darf ich bei euch mitmachen?«, fragte er. Ich war gespannt, was die anderen sagen würden. Violetta nickte, Benni sah zu ihr auf und machte es ihr nach. Emma und Rima kicherten immer noch und nickten eifrig. Celina zuckte mit den Schultern.

»Von mir aus«, sagte Hung und fummelte an seinen Walkie-Talkies herum. Ich sah Kerim an. Der guckte ein bisschen grimmig.

»Ich überlege gerade, ob Neue nicht eine Mutprobe ablegen sollten, bevor wir sie in unseren Club lassen«, sagte er.

»Auf keinen Fall!«, schrie Violetta auf. »Bei Mutproben passiert fast immer etwas Schlimmes. Dann steige ich aus!«

Rima und Emma hörten auf zu kichern und klammerten sich aneinander, als ob sie selber noch nachträglich geprüft werden sollten. Hung schien zu überlegen. Ich dachte daran, dass Kerim jetzt gar nicht Freddies Fahrstuhl in jeder Etage angehalten hatte, als er mit seinen Eltern hochgefahren ist. Als wir eingezogen sind, hatte er das gemacht und gesagt, das würde er bei neuen Nachbarn immer tun. Aber jetzt war er ja mit uns im Keller.

Celina tippte sich an die Stirn.

»Du willst dich nur wieder wichtigmachen, Kerim«, meinte sie. »Olli hat auch keine Mutprobe abgelegt. Außerdem hättest du dann selber eine machen müssen, als du hier eingezogen bist.«

»Aber ich bin der Boss«, sagte Kerim.

»Ha, ha, ha«, erwiderten die Mädchen im Chor. Alle außer Rima, aber die grinste still in sich hinein.

»Der Boss im Angeben vielleicht«, fügte Celina noch hinzu.

»Ich hab neulich eine Mutprobe gemacht«, erzählte Benni. »Ich hab meinen Kopf durch ein Gitter gesteckt und wäre fast nicht wieder rausgekommen. Bis Super-Olli mich gerettet hat.«

»Klar, Kleiner.« Kerim schüttelte den Kopf. »Das war keine Mutprobe, das war Dusseligkeit. Also ihr kapiert auch gar nichts, Leute. Das war ein Scherz. Natürlich macht Freddie bei uns mit! Endlich noch ein Junge, der hier einzieht.« Er pfefferte Freddie seine Hand auf die Schulter wie mir damals, als wir am Anfang der Sommerferien an den Brunnenplatz gezogen sind. Freddie strahlte.

»Macht deine Mutter wieder türkisches Essen für alle?«, fragte ich Kerim. »So wie damals, als Emma und ich eingezogen sind?« Ich merkte nämlich, dass mein Magen knurrte. Wenn ich Nudeln gegessen habe, bekomme ich immer so schnell wieder Hunger.

»Bestimmt«, antwortete Kerim. »Sie kann gar nicht anders. Bestimmt steht sie schon in der Küche.«

»Wir können ja die Erwachsenen fragen, ob wir Kinder hier unten essen dürfen!«, rief Emma. Die Idee fanden wir alle gut, auch wenn wir hundertmal hoch- und runterlaufen mussten, um alles zu holen, was wir für unser Abendbrot brauchten. Den Fahrstuhl brauchten ja Freddies Eltern und Kerims Brüder für den Umzug. Dann stellten wir Pappgeschirr, Fladenbrot, gebratene Fleischklöße, Ketchup, Tomaten und Gurkenscheiben auf den Teppich und setzten uns hin, die Mädchen auf dem Sofa, wir Jungs auf dem Fußboden.

»Wir spielen jetzt, dass wir Beduinen sind, die in ihrem Zelt essen«, schlug Kerim vor. Ich glaube, mir schmeckte alles fast noch besser als beim ersten Mal. Besonders der Pudding, den Kerims Mutter uns noch brachte. Sie kann den besten türkischen Pudding der Welt kochen, glaube ich.

»Wenn meine Eltern alles eingeräumt haben, kocht Mama auch wieder Bananensuppe mit Mais«, verkündete Freddie. Da machte es mir auch nichts mehr aus, dass er im elften Stock wohnen würde.

Emma gähnte nach dem Essen. Auch ich merkte, dass ich langsam müde wurde. Hungs Handy klingelte; seine Mutter war dran und sagte, er solle nach oben kommen.

»So ein Mist, dass morgen die Schule anfängt«, meinte

Freddie. »Sonst könnten wir uns gleich nach dem Frühstück hier wieder treffen. Oder am Delfinbrunnen.«

Wir räumten alles zusammen und warfen das Pappgeschirr in eine Mülltüte, die wir draußen entsorgten. Dann gingen wir hoch. Ich fand es auch schade, dass die Sommerferien zu Ende waren. Aber ein bisschen neugierig auf die Schule war ich auch.

Die Schule am Brunnenplatz

Am Montagmorgen regnete es noch immer. Beim Frühstück dachte ich daran, wie gern ich gleich mit den anderen Kindern aus unserem Haus runtergehen und in unserer neuen Zentrale spielen würde. Dann merkte ich aber doch, wie aufgeregt ich wegen der Schule war. Emma hatte mich damit angesteckt. Sie zappelte auf ihrem Stuhl herum und sah immer wieder auf die Uhr.

»Wir müssen uns beeilen, Olli«, sagte sie. »Am ersten Tag will ich auf keinen Fall zu spät kommen!«

»*Du* brauchst doch ewig, bis du deine Cornflakes aufgegessen hast«, erwiderte ich. Ich war mit meiner Schüssel längst fertig und kippte noch eine große Tasse warmen Kakao hinterher. Dann stand ich auf, um nachzusehen, ob ich auch alles Wichtige für die Schule eingepackt hatte: Monstersammelkarten, meinen besten Lego-Ritter und ein Heft über die Fußball-Nationalmannschaft.

»Hier hast du dein Pausenbrot und etwas zu trinken«,

sagte Mama, die auf einmal in meiner Tür stand. »Im Elternbrief steht, heute wären für alle nur vier Stunden Unterricht. Warte also nach Schulschluss am Haupteingang auf Emma, hörst du?«

»Sie geht doch mit Rima«, erinnerte ich sie. Ich hatte Angst, dass mich die anderen aus meiner neuen Klasse auslachen könnten, wenn sie sahen, dass ich auf meine kleine Schwester aufpassen musste, statt nach der letzten Stunde vielleicht noch mit ihnen Fußball zu spielen.

»Trotzdem.« Mama ließ nicht locker. »Emma ist erst acht Jahre alt und kennt den Weg noch nicht. Später werdet ihr sowieso oft zu unterschiedlichen Zeiten Schluss haben, aber heute möchte ich mich auf dich verlassen können. Ich glaube nicht, dass Kerim seine Schwester einfach stehen lassen würde.«

Da hatte sie leider recht. Kerims Eltern erwarten immer von ihm, dass er sich um Rima kümmert und auf sie Acht gibt, wenn sie mit uns draußen ist. Und das tut er auch, ohne zu murren.

Mama ging, um auch Emma ihr Pausenbrot in den Ranzen zu stecken. Und als hätte ich Kerim und Rima gerufen, standen sie auf einmal in der Tür; hinter ihnen warteten Celina, Hung und Violetta. Emma war auf einmal doch schon mit Frühstücken fertig und hatte sogar schon ihren Anorak an und den Ranzen auf dem Rücken. Also beeilte auch ich mich, Kerim holte inzwischen den Fahrstuhl. Darin stand bereits Freddie, und ich erfuhr, dass er auch in Kerims und meine Klasse kommen sollte.

Als wir unten ankamen und auf den Brunnenplatz traten, wurde ich einen Moment lang ganz wehmütig. Der Platz war fast menschenleer bis auf ein paar Erwachsene, die unter ihren Regenschirmen zur Arbeit eilten. Ein paar Jugendliche steuerten mit ihren Kopfhörern vom MP3-Spieler im Ohr den Bäckerladen an. Der Springbrunnen war noch aus.

»Guckt mal, die armen Delfine!«, rief Emma plötzlich. Tiere sind ja ihr ein und alles, egal ob lebendig oder aus Stein. »Die müssen jetzt den ganzen Vormittag alleine in dem kalten Becken liegen und keiner leistet ihnen Gesellschaft!« Schon rannte sie los, stellte sich auf den Beckenrand und beugte sich vor, um die Delfine zu streicheln. Ich schlug mir mit der flachen Hand gegen die Stirn und verdrehte die Augen, aber Violetta sagte: »Lass sie doch, das ist doch süß.« Rima stürmte hinter Emma her und tätschelte ebenfalls ihrem Lieblingsdelfin den Kopf. »Wir kommen bald wieder«, sagte sie wie zu einem Kleinkind. Bestimmt redete sie mit ihrer kleinen Schwester Gül immer so.

»Passt auf, dass ihr nicht reinfallt!«, rief Kerim.

»Wir sind doch sowieso schon vom Regen nass!«, schrie Rima zurück. Aber dann sprangen sie und Emma vom Beckenrand auf den Platz zurück und kamen wieder angerannt. Wir gingen durch die Toreinfahrt auf die Straße und ich versuchte mir den Schulweg genau einzuprägen. Eigentlich war er nicht lang.

»Da vorne ist die Schule schon«, sagte Kerim nach wenigen Hundert Metern und zeigte auf ein lang gestrecktes zweistöckiges Gebäude, das aus Betonplatten gebaut war. Es hatte gelb gestrichene Fensterrahmen, und dadurch sah es trotz des grauen Wetters so aus, als ob die Sonne draufschien.

Der Schulhof davor war schon voller Kinder. Manche drängten sich vor der Eingangstür, als ob sie es gar nicht erwarten konnten, endlich hineingelassen zu werden. Die meisten anderen jedoch hatten ihre Schulmappen irgendwo hingeworfen und waren auf den Spielplatz gestürmt. Ich glaube, so viele Kinder auf einmal hatte ich in meinem ganzen Leben noch nie gesehen. Die Schule in unserer alten Gegend war ja viel kleiner gewesen. Jeder Jahrgang hatte nur zwei Klassen, und ich glaube, ich kannte nach einer Weile fast alle Kinder von der ganzen Schule mit Namen. Hier würde ich das nie schaffen, so viel wusste ich jetzt schon. Und verirren würde ich mich ohne meine Freunde bestimmt auch.

Emma hängte sich an meinen Arm. Ich sah zu ihr runter und merkte, dass sie am liebsten zurück nach Hause gerannt wäre. Ich konnte sie verstehen. Rima hatte nämlich gerade ein paar andere Mädchen entdeckt und redete die ganze Zeit mit ihnen.

»Du sollst mit mir mitkommen, Olli«, sagte Emma und drückte ihre Wange gegen meine Hand.

»Ich muss doch in meine Klasse und du in deine«, erwiderte ich. Da merkte Rima zum Glück, was mit Emma los war, und zog sie rüber zu den anderen Mädchen.

»Emma wohnt neu bei uns im Haus«, erzählte sie ihnen. »Sie kann sehr gut mit Babys umgehen.«

»Aber mit Tieren noch besser«, sagte Emma, und schon schnatterten die Mädchen alle durcheinander. Die eine erzählte von ihrem kleinen Bruder, der gerade laufen lernte und immer auf seinen Windelpopo fiel, die nächste von ihrer Katze, die schon das ganze Sofa zerlegt hatte, und die dritte von ihrer trächtigen Meersau.

»Ein Meerschweinchen, das Junge bekommt«, sagte ich zu Kerim, »da hat Emma für die nächsten vier Stunden ein Gesprächsthema. Also muss ich mir keine Sorgen um sie machen.«

Dann sah ich, dass das gelbe Leuchtsignal über der Eingangstür anfing, sich zu drehen.

»Wir müssen rein«, sagte Kerim und steuerte den Haupteingang an. Freddie kam mit uns mit. Er schien überhaupt nicht aufgeregt zu sein, sondern sang die ganze Zeit irgendein Lied von Michael Jackson und machte genauso eckige Bewegungen wie er. Ein paar Mädchen blieben schon stehen und sahen zu ihm hin, sogar Größere. Ich drehte mich noch einmal nach Emma um, doch sie war mit Rima und den anderen Mädchen schon losgerannt. Hung beugte sich mit zwei anderen Jungen über eine Becherlupe mit einem Insekt darin, also brauchten wir auf ihn nicht zu warten. Ich blieb dicht an Kerims Seite und atmete tief durch.

»Ist eure Lehrerin nett?«, fragte ich ihn. Meine Lehrerin in der alten Schule, Frau Hübner, war nämlich *sehr* nett gewesen. Jeden Morgen in der ersten kleinen Pause las sie uns eine Geschichte vor, und wir durften dabei frühstücken, und wenn wir den ganzen Tag gut mitgearbeitet hatten, bekamen wir einen coolen Stempel auf den Arm oder ins Heft. Jeder so wie er wollte. Auf einmal begann es in meinem Magen ein bisschen zu ziehen. In der Schule zu sein, ohne dass Frau Hübner vorne steht und unterrichtet, konnte ich mir noch gar nicht vorstellen.

»Wir haben einen Lehrer, Herrn Sturm«; verriet Kerim. »Ihr seht ihn ja gleich!«

Herr Sturm. Gerade dachte ich darüber nach, wie er wohl aussehen würde, und hoffte, dass er nicht zu streng war, als ich plötzlich von der Straße her ein lautes Knattern hörte. Ich drehte mich um und blickte zurück zu dem Tor, das den Schulhof von der Straße trennte. Ein Motorradfahrer in schwarzen Lederklamotten war herangebraust und drosselte nun seinen Motor, um im Schritttempo den Parkplatz neben dem Schulgelände anzusteuern. Ich starrte ihn an und bekam fast ein bisschen Angst. Verstohlen versuchte ich einen Blick auf die Straße zu erhaschen, ob vielleicht eine ganze Rockerbande hinter ihm her kam. Es konnte ja sein, dass unsere Schule überfallen wurde. Kerim hatte mir in den Ferien erzählt, dass in der Oberschule, die sein Bruder Birol früher besucht hat, schon mal eingebrochen wurde. In der Nacht waren Diebe durchs Fenster eingestiegen, und am nächsten Morgen hatten alle Computer gefehlt, sogar der des Direktors. Zum Glück hatte eine Firma ganz schnell neue spendiert, das stand sogar in der Zeitung.

Der Motorradfahrer hatte ganz schwarze Lederklamotten an und sah wirklich ein bisschen unheimlich aus. Als er seine Maschine zum Stehen gebracht und den Zündschlüssel abgezogen hatte, nahm er den Helm ab. Lange hellbraune Haare kamen darunter zum Vorschein, die er erst mal schüttelte, damit sie ihm nicht ins Gesicht hingen. Eine Strähne blieb an seinem Stoppelbart hängen.

»Das ist er!«, jubelte Kerim und begann dem Rocker wild zuzuwinken.

»Wer?«, fragte ich. Sogar Freddie hatte aufgehört zu tanzen und folgte meinem Blick.

»Das ist Herr Sturm, unser Klassenlehrer«, erklärte Kerim. Jetzt hatte der Rocker ihn auch gesehen und winkte zurück. Ein paar Kinder, die ihn ebenfalls entdeckt hatten, jubelten seinen Namen und rannten auf ihn zu. Der Lehrer lachte breit und hob seine Hand und die Kinder klatschten ihre Hände dagegen.

»Krass«, stießen Freddie und ich gleichzeitig hervor. »*Der* ist unser Lehrer?«

Wir beeilten uns, ins Schulgebäude zu kommen. Kerim zeigte uns den Weg zu unserem Klassenraum. Meine Aufregung, weil ich neu in dieser Schule war, hatte ich völlig vergessen, ich war nur noch neugierig auf den Rockerlehrer. Die Schule kam mir riesig vor mit ihren endlos langen Gängen und den vielen Türen, die alle gelb gestrichen waren wie die Fensterrahmen. Ich nahm mir vor, heimlich an unserer Klassenzimmertür ein Zeichen anzubringen, einen winzigen Sticker oder so, damit ich sie wiedererkennen würde, falls ich mal ohne Kerim und Freddie gehen musste.

Und dann standen wir plötzlich vor der Klasse. Kerim legte seine Arme um Freddies und meine Schultern und schob uns hinein. So wussten gleich alle anderen Kinder, dass wir seine Freunde waren, und machten keine blöden Bemerkungen. In aller Ruhe sah sich Kerim nach einem Tisch um, an dem noch drei Plätze frei waren. Dort schoben wir unsere Ranzen unter die Tische und setzten uns hin.

Es klingelte zur Stunde. Die Tür ging auf und Herr Sturm kam herein. Er sah ganz anders aus als vorhin bei seinem Motorrad. Statt der schwarzen Lederjacke trug er jetzt ein kariertes Hemd in Rot und Blau. Die langen Haare hatte er gekämmt und hinten zu einem Pferdeschwanz zusammengebunden. Wie eine Frau sah er trotzdem nicht aus.

»Guten Morgen, Ihr Lieben«, begrüßte er uns. Sein Blick wanderte durch die Klasse und blieb an Kerim, Freddie und mir hängen. »Wir haben Verstärkung bekommen, wie ich sehe. Wie heißt ihr beiden und wo kommt ihr her?«

Freddie nannte seinen Namen und erzählte, dass er neu in die Brunnenplatz-Siedlung gezogen sei. Ich erzählte kurz von meinem alten Zuhause im Dorf. Herr Sturm sah mich an.

»Gab es ein Gewässer in der Nähe, wo du gewohnt hast?«, wollte er wissen. Ich nickte. Wir hatten ganz in der Nähe unseres Hauses einen kleinen Bachlauf gehabt. Im Sommer konnten wir darin sogar baden.

»Hast du da auch geangelt?«, forschte Herr Sturm weiter. Ich nickte wieder.

»In der Türkei angeln wir auch jedes Mal«, rief Kerim

dazwischen. »Und im Meer muss man aufpassen, dass man nicht auf einen Seeigel tritt.«

»Damit sind wir genau beim Thema.« Herr Sturm stellte seine Tasche auf den Lehrertisch und öffnete sie. »Ich war in den Ferien in Südengland beim Hochseefischen dabei. Da habe ich euch das hier mitgebracht.« Er griff hinein und zog ein Fischkieferskelett heraus, das sorgsam in eine große, durchsichtige Schachtel gepackt war. Wir drängten uns dicht um seinen Tisch und schubsten uns alle gegenseitig immer wieder zur Seite, um besser sehen zu können.

»Ist das von einem Hai?«, fragte ich. Am Gebiss konnte man das deutlich erkennen, aber ich konnte mir nicht vorstellen, dass es im Atlantik vor der englischen Küste Haie gab. Von denen hörte man doch fast nur, wenn sie in heißen Ländern jemanden angegriffen hatten.

»Ganz genau, Olli«, lobte mich Herr Sturm. Dann rollte er eine Weltkarte aus und zeigte uns, wo überall Haie vorkommen. Ein paar Mädchen kreischten entsetzt, als sie sahen, dass die Tiere auch in den Meeren der Länder lebten, in denen sie Urlaub gemacht hatten; sogar die italienische und kroatische Adriaküste und die Türkei gehörten dazu. Aber Herr Sturm beruhigte sie schnell und erklärte, warum die meisten Haie für Menschen ungefährlich seien. Dann öffnete er die Schachtel und wir durften das Kieferskelett sogar anfassen. Es war ein seltsames Gefühl, echte Haifischzähne zu berühren. Sorgsam achteten wir darauf, ja nichts kaputt zu machen. Als alle es lange genug angesehen und berührt hatten, schickte uns Herr Sturm auf unsere Plätze zurück.

»Jetzt seid ihr dran«, forderte er uns auf. »Erzählt mal, was in euren Ferien das Tollste war. Danach beschäftigen wir uns noch ein bisschen mit dem Hai. Ihr wollt ihn ja nicht gleich wieder vergessen, oder?«

Der Unterricht bei Herrn Sturm war kein bisschen langweilig. Mit seinem Hai hat er uns alle gefesselt, da hat niemand versucht zu stören, es war fast so leise wie bei einer Klassenarbeit, bloß dass es viel mehr Spaß gemacht hat. Wir haben versucht, das Gebiss abzuzeichnen. Dann hat uns Herr Sturm erzählt, dass Haie vom Aussterben bedroht sind, und hat uns gefragt, von welchen Tieren wir das außerdem noch wissen. Die haben wir alle aufgelistet und zusammen überlegt, was jeder Einzelne dagegen tun kann. Zum Schluss haben wir noch ein Spiel gemacht, bei dem Freddie und ich versuchen mussten, uns möglichst viele Namen unserer Klassenkameraden zu merken. Ich habe gewonnen.

Viel zu schnell ging der erste Schultag vorbei. Ich konnte es kaum erwarten, meiner Schwester Emma zu erzählen, was ich für einen tollen Lehrer habe. Bestimmt würde sie vor Neid grüne Haare bekommen! »Wer weiß«, sagte Kerim, als wir am Ende der 6. Stunde unsere Sachen in den Ranzen packten. »Mädchen finden ja meistens eine Lehrerin besser, Rima jedenfalls ist von ihrer ein großer Fan. Warten wir's ab!«

Benni, der Große

»Wir führen den *Regenbogenfisch* zur Einschulung auf!«, rief Emma, als Rima und sie nach Schulschluss vor dem Haupteingang auf Kerim und mich zugestürmt kamen. Eifrig erzählte sie, was sie in der Klasse schon alles dafür vorbereitet hatten. »Und ich darf der kleine fremde Fisch sein, weil das Mädchen, das ihn vorher spielen sollte, in den Ferien weggezogen ist! Ist das nicht toll?« Schon fing sie an, irgendein Lied vorzuträllern, das sie da singen soll. Ich hielt mir lieber die Ohren zu, aber Rima sang mit. Fröhlich trällernd liefen sie ein paar Schritte vor uns her. Ich wandte mich an Kerim. Auf dem Heimweg unterhielten wir uns die ganze Zeit über Herrn Sturm. Ich freute mich fast noch mehr auf den nächsten Schultag als früher bei Frau Hübner. Auch Freddie war begeistert von unserem Lehrer.

Danach überlegten wir, was wir am Nachmittag zusammen machen wollten, als uns plötzlich Benni mit seiner Mutter entgegenkam. Benni trug eine Plastiktüte, die so riesig war, dass er sie mit beiden Händen festhalten musste und fast dahinter verschwand. Seine Mutter führte ihn an der Schulter wie einen Blinden, damit er nicht auf die Nase fiel.

»Wo will denn die große Tüte mit dem kleinen Benni hin?«, fragte Kerim.

»Da ist meine Schultüte drin«, antwortete er stolz. »Am Samstag werde ich nämlich eingeschult.«

»Er freut sich so sehr darauf«, sagte seine Mutter. Sie hatte frei und war mit Benni Schulsachen einkaufen gegangen. »Kommt ihr denn auch hin oder wollt ihr lieber das freie Wochenende genießen?«

»Wir kommen«, entschied ich. »Die Klasse von meiner Schwester führt ja was auf. Hast du denn auch schon einen Ranzen, Benni?«

Benni nickte. »Einen blauen mit Motorrädern drauf«, berichtete er stolz. Freddie grinste breit und erzählte, dass unser Klassenlehrer Motorrad fährt.

»Krieg ich den auch?«, fragte Benni und hüpfte so aufgeregt auf und ab, dass er beinahe seine Tüte fallen ließ. »Wird der auch mein Lehrer, Freddie? Ich will auch einen Motorradfahrer als Lehrer haben!«

»Das glaube ich kaum«, antwortete seine Mutter an unserer Stelle. »Als Klassenlehrer kann ihn nur eine Klasse haben. Aber du bekommst bestimmt eine sehr nette Lehrerin, Benni.«

»Ich will keine nette Lehrerin!«, schrie er. »Ich will den Motorradfahrer als Lehrer!«

Bennis Mutter zog ihn schnell weiter und sagte, sie müsse noch Hefte mit ihm kaufen gehen und anschließend zu Hause Essen kochen. Am Nachmittag müsse sie zur Arbeit, aber Benni könne dann mit Violetta und uns anderen Kindern spielen. Im selben Moment hörten wir Emma, Rima und Celina, die hinter uns angerannt kamen.

Beim Mittagessen erzählte Emma aber noch mal von ihrer Regenbogenfisch-Aufführung, und erst jetzt erfuhr ich, dass ihre Lehrerin sie auch ausgewählt hatte, weil sie von allen Kindern das Lied am besten singen konnte – und das, nachdem sie es nur einmal von der CD gehört hatte. Außerdem hatte ihre Lehrerin Frau Bartilla gesagt, sie hätte so eine zarte, helle Stimme, die genau zu der Rolle passen würde. Der kleine fremde Fisch kommt neu in den Schwarm des Regenbogenfisches, weil er seinen eigenen verloren hat.

»Coole Sache«, sagte ich zu ihr. »Ich hab gar nicht gewusst, dass ich so eine musikalische Schwester habe.«

»Ich wusste einfach genau, wie sich der kleine fremde Fisch fühlt«, meinte Emma. »Ich bin ja auch neu in der Klasse, da musste ich mich gar nicht verstellen. Mir haben sowieso schon die Knie gezittert.«

Von nun an warteten wir alle gespannt auf die Einschulungsfeier. Emma brachte am nächsten Tag die Regenbogenfisch-CD mit, die ihre Lehrerin ihr geliehen hatte, und übte immerzu ihr Lied. Ich glaube, sie war noch aufgeregter als Benni.

Der redete aber auch von nichts anderem mehr. Violetta hatte ihm beigebracht, seinen Namen zu schreiben, und den kritzelte er jetzt überall hin: Mit Straßenkreide auf den Brunnenplatz, mit Stöcken in den Sand zwischen den Sträuchern vorm Haus und mit Filzern auf unseren Notizblock in der Clubzentrale.

Von mir aus brauchte die Woche nicht so schnell vorübergehen. Ich glaube, ich war noch nie vorher so gerne zur Schule gegangen wie jetzt. Gleich am dritten Schultag machte Herr Sturm mit uns einen Klassenausflug in den Zoo, und keiner von uns moserte über die Aufgaben, die wir dabei lösen sollten. Schließlich hatte alles etwas mit bedrohten Tierarten zu tun. In den Tagen darauf schrieben, malten und klebten wir Plakate über Wale, Pandabären, Gorillas und sibirische Tiger und fertigten eine richtige Ausstellung an. Am Freitag waren wir fertig und hängten alles im Flur aus. Immer wieder blieben Kinder und Lehrer stehen und lasen sich durch, was wir herausgefunden hatten.

Dann war es schließlich doch so weit. Der Samstag war da, und mit ihm Bennis Einschulung und Emmas großer Auftritt. Schon den ganzen Morgen lief sie in der Wohnung mit ihrem Fischkostüm herum und tat so, als ob sie mit ihren Flossen wedeln würde.

»Du hast ja gar keine Schuppen«, sagte ich zu ihr, weil ich mich darüber wunderte, dass ihr gelbes Kostüm einfach nur grün gestreift war. Emma sah aus wie ein Zebra, das in einen Farbeimer gefallen war, und nicht wie ein Fisch.

»Genau das sagen die anderen Fische auf der Bühne auch zu mir«, berichtete Emma stolz. »Deshalb können sie mich nicht leiden. Mehr verrate ich dir aber nicht.«

Meine Mutter ging mit ihr und Rima schon früher los, weil ihre Klasse sich mit Frau Bartilla eine halbe Stunde vor der Aufführung treffen wollte. Kerim holte mich ab, und auf unsere übliche Art nahmen wir auch Celina, Hung und Freddie mit. Nur bei Violetta klingelten wir vergeblich. Hinter ihrer Wohnungstür war alles still.

»Hoffentlich ist sie nicht ausgerechnet heute krank geworden«, meinte ich. »Da wäre Benni bestimmt traurig.«

»Vielleicht ist sie mit ihren Eltern weggegangen«, erwiderte Celina. »Immer können die sich auch nicht nach Benni richten.«

»Das würde Violetta nie machen«, widersprach Kerim.

Aber als wir auf dem Schulhof ankamen, sahen wir, weshalb wir Violetta nicht erwischt hatten. Sie stand längst mit Benni und seiner Mutter vor dem Haupteinnach gang. Ein älteres Ehepaar war auch dabei, das waren seine Großeltern. Schnell gingen wir auch zu ihnen und begrüßten Benni.

»Hey, Kurzer, du siehst ja heute richtig erwachsen aus!«, staunte Kerim und hob seine Hand, damit Benni einschlagen konnte. Tatsächlich hatte er seine Haare heute mit Gel frisiert, sodass sie hochstanden wie Igelstacheln. Neue Sachen hatte er auch an, sogar ein schickes Hemd. Stolz drehte er sich um und präsentierte uns seinen Ranzen, dann ließ er uns seine Schultüte betasten, hinter der er beinahe verschwand.

»Wir müssen rein«, sagte Violetta plötzlich und deutete auf unseren Schulleiter, der gerade den Eingang zur Turnhalle öffnete. Auch die vier Lehrerinnen der neuen ersten Klassen standen an der Tür und lächelten. Alles strömte auf den Eingang zu, im Nu war es in der Turnhalle so voll, dass es kaum noch freie Stühle gab. Unter dem Basketballkorb war die Bühne aufgebaut und die Kulisse sah aus wie eine richtige Unterwasserwelt. Kein Wunder, dass Emma vor ihrem Auftritt so aufgeregt war! Auch ich war jetzt richtig gespannt auf das Theaterstück, das ihre und Rimas Klasse aufführen würde.

Zuerst aber hielt der Schulleiter eine Rede. Benni zappelte auf seinem Stuhl herum und versuchte immer wieder, mit dem Finger heimlich ein kleines Loch in das

Krepppapier zu bohren, mit dem seine Schultüte verschlossen war. Aber jedes Mal erwischte ihn seine Mutter oder Violetta rechtzeitig und hielt seine Hand fest.

Dann begann endlich die Aufführung. Ich sah Kerim von der Seite an und merkte, dass er genauso gespannt war wie ich. Rima war auch gleich bei den ersten Fischen dabei, die auf die Bühne kamen und tanzten und sangen. Dann trat Emma auf. Ganz schüchtern blickte sie sich erst einmal um, dann sagte sie ihren Spruch von dem verlorenen Schwarm auf und wurde von den anderen feindselig angeschaut. Emma hatte ihre Rolle zu Hause so oft aufgesagt, dass ich alles auswendig hätte mitsprechen können. Zum Glück machte sie alles richtig, es wirkte sogar richtig echt.

Aber dann begann das Lied, das sie singen sollte. In der ersten Strophe klappte noch alles; aber in der zweiten stockte Emma plötzlich, kam nicht mehr weiter. Die Playback-CD lief und lief, aber Emma sang nicht.

»Hat sie ihren Text vergessen?«, flüsterte Kerim.

»Ach du heiliger Bimbam!«, rief Benni ziemlich laut. Ein paar Leute lachten, aber ich stieß Benni an.

»Sei still«, zischte ich, »sonst denkt Emma noch, die lachen wegen *ihr*!«

Benni schlug sich auf den Mund. Ich versuchte, Emma mit der Hand ein Zeichen zu geben, damit sie mich sah. Es klappte, sie sah zu mir hin! Überdeutlich machte ich ihr die Mundbewegungen zu der Zeile vor, die gerade dran war. Ich kannte ja alles! Und tatsächlich – Emma starrte mich noch einen Augenblick lang verzweifelt an, doch dann kapierte sie. Sie las mir von den Lippen ab und setzte in der letzten Zeile ihrer Strophe wieder genau an der richtigen Stelle ein. Die dritte und letzte Strophe fiel ihr wieder von selber ein. Als sie fertig gesungen hatte, brach im Publikum ein krachender Applaus los.

»Bravo!«, schrien die Leute und trampelten mit den Füßen auf den Boden. Emma sah ganz erleichtert aus. Violetta, die mit Benni und seiner Mutter vor uns saß, drehte sich nach mir um und zwinkerte mir zu.

»Du hast sie gerettet, Olli«, flüsterte sie und schob mir einen ihrer Zimtkaugummis zu, die sie fast immer bei sich hat. Ich spürte, wie meine Ohren heiß wurden. Aus dem Augenwinkel sah ich, wie Hung und Freddie prusteten. Dann ging es aber zum Glück schon weiter. Den Rest der Aufführung schaffte Emma ohne Fehler, bis die Fische auf der Bühne sich ein letztes Mal verbeugten. Dann traten sie ab und die Lehrerinnen der neuen ersten Klassen kamen nach vorn.

»Jetzt musst du aufpassen!«, sagte Bennis Mutter leise. »Damit du es nicht verpasst, wenn du aufgerufen wirst, sonst weißt du nicht, in welche Klasse du kommst. Schau mal, wie freundlich die Lehrerinnen alle aussehen. Ich bin gespannt, zu welcher du kommst.«

Aber Benni schüttelte den Kopf und hielt sich mit beiden Händen die Ohren zu.

»Ich will keine Lehrerin, ich will den Rockerlehrer mit dem Motorrad und den langen Haaren haben!«, schrie er. Wieder lachte der ganze Saal, ich sah, dass sogar der Bauch von Bennis Opa bebte. Nur Bennis Mutter lachte nicht. Gerade wollte sie wieder etwas zu ihm sagen, da wurde sein Name aufgerufen. Mit gesenktem Kopf schlurfte er nach vorne und stellte sich neben seine Lehrerin, ohne sie anzusehen.

»Manchmal ist er echt noch ein Baby«, flüsterte Kerim. Aber dann stellte sich heraus, dass Benni doch noch Glück hatte. Als seine Lehrerin nämlich fertig war und ihre Klasse vollzählig vor ihr stand, ging plötzlich die Tür auf, und Herr Sturm kam herein! Er trug sogar noch den Sturzhelm in der Hand. Bennis Lehrerin nickte ihm lächelnd zu.

»Ich sehe gerade, ich kann euch auch gleich euren Sportlehrer vorstellen«, verkündete sie. »Herr Sturm wird in der Klasse 1a und 1b Sport unterrichten. Gleich am Montag geht es los, nicht wahr?«

Herr Sturm nickte und gab jedem der neuen Erstklässler die Hand. Benni wuschelte er sogar durchs Haar. Danach waren zwar seine Igelstacheln hin, aber er grinste trotzdem.

»Kommst du da auch wieder mit deinem Motorrad zur

Schule?«, fragte Benni und machte mal wieder Motorengeräusche nach. Herr Sturm lachte und nickte.

»Bringt also am Montag alle euren Turnbeutel mit«, sagte er. »Ich freue mich auf euch.« Dann entdeckte er meine Freunde und mich in den Reihen und winkte uns zu, ehe er wieder hinausging.

Bennis Lehrerin setzte sich in Bewegung und jetzt folgte er ihr doch mit strahlendem Gesicht in seine erste Unterrichtsstunde. Kerim, Feddie, Hung und ich kickten solange auf dem Schulhof mit einer leeren Kakaopackung herum. Violetta unterhielt sich mit einer Klassenkameradin, deren Schwester auch eingeschult worden war, und Celina sagte, sie müsse nach Hause und mit Hammer Gassi gehen.

Eine Dreiviertelstunde später kam Benni herausgestürmt.

»Na, wie war es?«, fragte seine Mutter, und auch wir umringten ihn und wollten alles genau wissen. Aber Benni hatte keine Zeit, zu antworten. Er zog gleich die Schleife an seiner Schultüte auf, griff hinein und zog sein Geschenk heraus.

»Ein Boot!«, rief er. »Mit Fernsteuerung! Das kann ich im Delfinbrunnen fahren lassen. Gehen wir jetzt gleich nach Hause, Mama?«

Dazu war es jetzt sowieso Zeit.

»Aber nach dem Mittagessen könnt ihr gerne alle zu

Benni kommen«, sagte seine Mutter. »Er kann doch seinen großen Tag nicht ohne seine Freunde feiern! Sagen wir um drei Uhr?«

Wir nickten eifrig, und auch Emma und Rima, die inzwischen ebenfalls aus der Turnhalle gekommen waren, freuten sich.

Pünktlich um drei klingelten wir alle bei Benni und überreichten ihm auch noch kleine Geschenke. Seine Mutter, die mit Bennis Großeltern gerade bei Kaffee und Kuchen saß, fragte, ob wir nicht erst noch mitessen wollten. Aber da waren wir schon halb draußen, weil wir alle unbedingt Bennis ferngesteuertes Boot ausprobieren wollten. Jeder von uns Jungs wollte am liebsten der Erste sein, aber Benni hielt seinen neuen Schatz ganz fest.

Das Boot war klasse. Benni wollte die Fernsteuerung kaum aus der Hand geben, aber dann durfte sie doch jeder von uns einmal haben. Kerim ließ das Boot immer so dicht an die Wasserfontänen fahren, dass es vollzulaufen drohte, aber dann drehte er jedes Mal doch noch rechtzeitig ab. Hammer sprang die ganze Zeit aufgeregt auf dem Beckenrand herum und kläffte wie wild. So munter hatte ich ihn noch nie erlebt. Einmal steuerte Benni das Boot genau auf Hammer zu und in einer scharfen Kurve wieder weg. Hammer flippte beinahe aus, drehte sich um die eigene Achse und wollte das Boot jagen. Mit seinen kurzen, krummen Beinen setzte er zum Sprung an – und landete im Wasser! Celina schlüpfte schnell aus ihren Ballerinas und stieg in den Springbrunnen. Eine der Wasserfontänen prasselte genau auf ihren Kopf, als sie sich bückte, um Hammer aus dem Wasser zu holen, der noch immer hinter dem Boot her paddelte.

»Achtung!«, zischte Hung auf einmal. »Die Meckerliese kommt!«

Tatsächlich trat die Nachbarin aus dem Haus gegenüber, die am liebsten alles verbieten würde, was Spaß macht, gerade aus ihrer Haustür und wankte rasch näher, wobei sie unaufhörlich schimpfte. Celina griff sich den Hund, Benni holte das Boot mit der Fernsteuerung zu sich heran.

»Warum fährt es so langsam?« Kerim trat ungeduldig von einem Fuß auf den anderen. »Wir müssen abhauen, Benni, schnell!«

»Die Batterie ist leer«, antwortete er und zog das Boot aus dem Wasser. »Dann hätten wir jetzt sowieso aufhören müssen.«

Am Sonntag spielten wir aber wieder fast den ganzen Tag mit dem ferngesteuerten Boot. Und weil immer einer von uns Wache hielt, erwischte uns die Meckerliese kein zweites Mal.

Kastanien für Frau Nitschmann

»Wir müssten eigentlich mal wieder zu Frau Nitschmann gehen«, sagte Violetta an einem Nachmittag Mitte September. »Da waren wir schon ewig nicht mehr. Dabei haben wir ihr versprochen, sie öfter mal zu besuchen.«

Wir saßen alle zusammen auf dem Beckenrand des Delfinbrunnens und überlegten, was wir machen sollten. Viel Zeit hatten wir nicht mehr. Wir dürfen ja alle immer erst nach den Hausaufgaben raus, und spätestens um halb sieben müssen wir wieder zurück sein, wegen der Schule. Freddie kannte Frau Nitschmann noch nicht, deshalb erzählte ich ihm, wie wir einmal einen verletzten Spatz gefunden und gleich danach unsere alte Nachbarin kennengelernt hatten. Das war ein Riesenglück für uns gewesen, denn wir hatten für den kleinen Vogel, den wir Piep genannt hatten, keinen Käfig gehabt, aber Frau Nitschmann hatte noch einen im Keller. Den haben wir dann mit ihr zusammen nach oben geholt, und sie hat Piep so lange gesund gepflegt, bis sie ihn freilassen konnte.

»Und seitdem habt ihr sie nicht mehr besucht?«, fragt Freddie. »Krass. Die wartet doch bestimmt schon und fühlt sich vielleicht ausgenutzt.«

»Sag ich ja«, meinte Violetta und schenkte Freddie so einen besonderen Blick, der mir gar nicht gefiel. Freddie konnte eigentlich überhaupt nicht mitreden, er war damals bei Frau Nitschmann nicht dabei gewesen, und deshalb ist es ja gar nicht klar, ob er eher als wir daran gedacht hätte, wieder mal zu ihr zu gehen.

Celina hielt ihre Hand ins Wasser.

»Zu Frau Nitschmann?«, wiederholte sie gedehnt. »Jetzt? Es ist doch noch so schönes Wetter. Eigentlich wollte ich noch im Park Kastanien sammeln. Unsere Hort-Erzieherin will mit uns daraus was basteln, weil bei uns morgen Kunst ausfällt. Da muss sie vertreten.«

Am Park müssen wir jedes Mal auf unserem Schulweg vorbei. Er ist ziemlich groß, und wenn es warm genug ist, sonnen sich Leute auf der Wiese oder spielen Federball. Heute war so ein Tag, wo dort bestimmt noch viel los war, auch wenn sich an den Kastanienbäumen und Eichen die Blätter schon ein bisschen gelb und rot färbten, wenn auch nur ganz am Rand. Es war noch mal richtig warm, keiner von uns hatte eine Jacke an und die Luft roch noch fast wie im Sommer. Mit Kastanien basteln wollte ich nicht unbedingt, aber draußen bleiben schon noch, und in den Park zu gehen, hatte ich auch Lust. Sogar noch lieber als in die Wohnung von Frau Nitschmann, denn da stellte ich es mir ohne Piep ein bisschen langweilig vor.

Den anderen schien es zum Glück genauso zu gehen wie mir.

»Zu Frau Nitschmann können wir auch mal gehen, wenn es regnet«, meinte Kerim. »Heute weht der Wind fast so warm wie in der Türkei, da kann ich einfach noch nicht reingehen.«

»In der Türkei gibt es aber keine Kastanien«, warf Celina ein. »Tu bloß nicht immer so, als ob da alles besser wäre.«

»Hab ich was gesagt?«, motzte Kerim zurück. Aber dann sprangen wir schnell vom Brunnenrand und machten uns auf den Weg zum Park, schließlich war es schon kurz nach halb fünf und wir hatten nicht mehr viel Zeit. Gleich ganz vorne fanden wir einen großen Baum, an dem noch viele Kastanien hingen. Am Boden lagen dafür nur wenige.

»Na toll«, moserte Celina auch gleich wieder. »Das ist mal wieder typisch. Wie soll ich die jetzt einsammeln, wenn noch gar keine runtergefallen sind?«

»Gar keine ist übertrieben«, erwiderte Hung und bückte sich. »Was ist das hier bitte?«, und er überreichte Celina gleich drei Kastanien auf einmal. Eine war sogar noch ganz zu, die anderen schon aufgeplatzt. Als ich den glänzenden braunen Kern in der hellgrünen stacheligen Schale entdeckte, bekam ich auf einmal auch Lust, möglichst viele davon mit nach Hause zu nehmen. Irgendwas konnte man bestimmt damit anfangen.

Es waren aber wirklich erst wenige Kastanien runtergefallen. Jeder von uns hatte gerade mal drei oder vier, das war alles. Zuerst sammelten wir Eicheln, davon gab es genug. Celina nahm auch noch jede Menge rote und gelbe Blätter mit und meinte, sonst hätte ihre Erzieherin bestimmt wieder was zu meckern. Aber Kastanien brauchten wir trotzdem noch.

»Wir können ja welche runterschlagen«, meinte Kerim und machte sich gleich auf die Suche nach einem dicken Ast. Sobald er ihn gefunden hatte, stellte er sich ein paar Meter vom Baum entfernt auf, holte aus und schleuderte ihn in die Baumkrone. Tatsächlich prasselten gleich mehrere Kastanien herunter, manche mit Schale, andere ohne. Sofort stürzten wir uns alle darauf, um sie einzusammeln.

»Das sind eigentlich meine«, sagte Kerim. »Ihr könnt doch selber werfen.« Er bot uns seinen Stock an, Benni griff als Erster danach. Er versuchte, alles genau wie Kerim zu machen, aber bei ihm flog der Stock nur ein paar Meter weit und berührte nicht mal die untersten Zweige des Kastanienbaums. Das Einzige, was passierte, war, dass Hammer hinter dem Stock herrannte, weil er glaubte, Benni hätte ihn extra für ihn geworfen. Ein wenig ungeschickt nahm er ihn zwischen seine kleinen Zähne und schleifte ihn zu uns zurück. Er legte Benni den Stock vor die Füße und schaute ihn erwartungsvoll an, den Unterkiefer wie vorgeschoben, als ob er schimpfen wollte: »Das soll alles gewesen sein? Los, mach weiter!«

»Hammer mag mich!«, stellte Benni fest und bückte sich schon wieder nach dem Stock, aber Hung war schneller und griff zuerst danach und warf ihn in den Baum. Er traf fast so gut wie Kerim. Violetta traf nur zwei Kastanien, Freddie auch nicht viel mehr, und bei Emma und Rima passierte das Gleiche wie bei Benni. Wir ließen sie aber auch ein paarmal den Stock für Hammer werfen, damit es für sie nicht so langweilig war.

Dafür konnte Celina gut werfen. Sie holte weit aus und der Knüppel hatte einen mordsmäßigen Schwung drauf. Die Kastanien fielen fast wie in einer Traube vor ihre Füße. Celina jubelte und versuchte, eine Art Kängurubeutel aus ihrem langen T-Shirt zu knoten, damit möglichst viele Kastanien und Eicheln hineinpassten. Die Blätter konnte sie dann wie einen Strauß gebündelt in der Hand tragen.

»Das ist aber ungerecht, wenn du alle Kastanien kriegst«, sagte Benni. »Nur weil du höher werfen kannst als ich und Emma und Rima.«

Celina zuckte mit den Schultern. »Ich brauch sie für die Schule, das geht ja wohl vor.«

»Gut, dann geb ich dir nächstes Mal auch nichts mehr ab«, erwiderte Benni und drehte ihr den Rücken zu, die Arme vor der Brust verschränkt. »Ich hab nämlich noch ganz viele Süßigkeiten von der Einschulung übrig.«

»Na und?«, gab Celina zurück, aber sie guckte schon ein bisschen weniger zickig.

»Wir können doch alle Kastanien auf einen Haufen legen und zum Schluss gerecht aufteilen«, schlug Violetta vor. »Dann kriegen alle gleich viele und du hast für die Schule auf jeden Fall noch genug übrig.«

»Wenn Celina noch dreimal wirft, hat sie sowieso mehr, als sie tragen kann«, meinte Freddie. Jetzt grinste Celina stolz, nahm den Stock aus Hammers Fang und schwang ihn ein paarmal hoch über ihrem Kopf, ehe sie ihn erneut ins Geäst fliegen ließ.

»Volltreffer!«, rief sie zufrieden und sah zu, wie die Kastanien nur so auf den Rasen prasselten. Wir anderen wichen ein Stück zurück, um keine der stacheligen Schalen auf den Kopf zu bekommen. Alle guten Werfer zeigten noch zweimal, was sie draufhatten, danach begutachteten wir unsere Beute.

»Wir hätten Tüten zum Tragen mitnehmen sollen«, sagte Rima. »So kriegen wir die Kastanien kaum nach Hause.«

»Ich bin der unglaubliche Hulk!«, schrie Hung. »Seht meine muskulösen Beine an!« Er hatte wieder so eine Hose mit ganz vielen Taschen an und hatte sie alle bis oben hin voller Kastanien gestopft, sodass es aussah, als ob er vor lauter Muskeln kaum noch laufen konnte. In Celinas Kängurubeutel rumpelte es, auch Violetta hatte sich einen etwas kleineren geknotet. Darunter konnte man ihren Bauchnabel sehen, aber ich schaute gleich wieder weg, sonst wäre ich noch rot geworden. Wir Jungs machten es so wie Hung, aber keiner hatte so viele Taschen wie er. Trotzdem schafften wir es irgendwie, alle Kastanien und Eicheln zu transportieren. Kerim schlug vor, dass Celina ihre schnell nach Hause bringt und wir anderen inzwischen schon mal in unsere Zentrale vorgehen. Dort könnten wir auch alle zusammen basteln.

Als Celina zurückkam, hatte sie sogar an einen Dosenpikser gedacht; den braucht man ja, um Löcher für die Beine zu bohren. Streichhölzer hatte sie auch dabei. Wir setzten uns auf den Teppich und bauten Hunde, Katzen und Pferde. Zwischendurch rannten Emma und Rima hoch, um eine Rolle Bindfaden zu holen, weil sie sich noch Halsketten basteln wollten. Danach spielten sie, dass sie Hawaii-Mädchen wären, und tanzten mit wackelndem Po.

Als wir genug gebastelt hatten, nahmen wir die schönsten Kastanientiere und gingen doch noch schnell hoch zu Frau Nitschmann. Es dauerte eine Weile, bis wir ihre leicht schlurfenden Schritte hinter der Wohnungstür hörten, dann wurde die Tür einen Spalt geöffnet. Als Frau Nitschmann uns sah, schob sie die Sicherheitskette zurück und öffnete die Tür ganz.

»Ja wer ist denn da!«, rief sie. »Meine jungen Freunde, das ist aber eine schöne Überraschung! Kommt doch rein … ich weiß ja gar nicht, was ich euch anbieten kann … aber tretet erst mal näher, wir finden schon etwas.«

»Sie müssen uns doch nichts anbieten«, sagte Violetta schnell. »Wirklich, das ist nicht nötig. Aber wir haben Ihnen was mitgebracht.«

»Mir alten Frau bringt ihr etwas mit?« Frau Nitschmann schüttelte den Kopf. »Ich habe doch gar nicht Geburtstag.«

»Macht nichts«, erwiderte Emma. »Wir wollen einfach ein bisschen was von dem schönen Herbst bei Ihnen aufbauen.« Dabei blickte sie durch Frau Nitschmanns staubiges Wohnzimmerfenster nach draußen. Frau Nitschmann wohnt ja nicht so hoch, da kann man auch von der Wohnung aus sehen, wie schön gelb und rot sich die Blätter der wenigen Bäume am Brunnenplatz verfärbt haben. Aber mit unseren Kastanienfiguren würde unsere Nachbarin noch viel mehr davon haben. Also suchten wir einen geeigneten Platz für unsere Sachen und fanden ihn schnell auf ihrer Kommode, auf der sonst nur ein Notizblock und ein Kugelschreiber lagen.

»Du musst die Augen zumachen«, sagte Benni. Frau Nitschmann setzte sich in ihren Sessel und legte ihre Hände vor die Augen. So schnell wir konnten, bauten wir eine richtige Landschaft aus Eicheln und Blättern auf der Kommode auf, in die wir unsere Kastanienfiguren setzten. Die Mädchen überprüften noch mal, ob alles auch hübsch genug aufgestellt war. Violetta musste dauernd Bennis Arme festhalten, damit er nicht immer wieder die Figuren und Tiere hochnahm, um sie unter wilden Schlachtrufen gegeneinander kämpfen zu lassen.

»Jetzt dürfen Sie gucken!«, rief ich, als alles fertig war. Frau Nitschmann nahm die Hände von ihrem Gesicht und blickte sich um.

»Nein, was ist das schön!«, rief sie aus, als sie unsere herbstliche Landschaft entdeckte. »Da ist ja der goldene Oktober zu mir gekommen! Ich glaube, so schön hat mein Zimmer noch nie ausgesehen. Vielen, vielen Dank, liebe Kinder!«

»Nichts zu danken«, antwortete Violetta, und wir anderen beteuerten ebenfalls, dass wir das gerne gemacht hätten. Frau Nitschmann stand auf und sah sich alles genau an. Jedes Tier und jede Figur nahm sie in die Hand und fragte, welches es ist und wer es gebastelt hat. Wir erklärten ihr alles ganz genau und freuten uns, dass ihr alles so gut gefiel.

»Wenn Sie möchten, machen wir so etwas in der Adventszeit auch wieder«, sagte Emma.

»Das wäre wunderbar!«, rief Frau Nitschmann und strahlte richtig. »Aber jetzt möchte ich euch erst mal etwas geben.« Sie zog die Schublade unter unserer Landschaft auf und nahm eine Schachtel Kekse heraus. Letztes Mal hatte sie uns ja Pralinen geschenkt, von denen nur manche lecker gewesen waren, aber die Kekse waren ganz normale Butterkekse, die essen wir alle gerne. Benni nahm sich sogar zwei, bedankte sich aber ganz brav und machte sogar eine Verbeugung.

»Können wir sonst noch etwas für Sie tun?«, fragte Violetta höflich. »Einkaufen vielleicht? Dann müssen Sie ihre schweren Taschen nicht selber tragen. Wir machen das gerne, nicht wahr?«, fügte sie mit einem Blick in unsere Runde noch hinzu. Wir anderen nickten. In den Supermarkt oder zum Bäcker gehen wir sowieso alle gerne.

Frau Nitschmann wiegte ihren Kopf hin und her.

»Das kann ich doch gar nicht annehmen«, sagte sie. »Ihr seid so gute Kinder, und ich freue mich auch, aber ihr müsst doch nachmittags eure Hausaufgaben machen!«

»Heute habe ich keine auf«, grinste Benni. Er hatte es gut, seine erste Klasse musste wirklich selten zu Hause noch etwas tun. Aber ich sah aus dem Augenwinkel, dass

Freddie und Kerim etwas unruhig wurden. Da fiel es mir auch wieder ein. In Deutsch machten wir gerade Buchvorstellungen und morgen war Freddie dran. Vielleicht war er mit seinem Plakat noch nicht ganz fertig.

»Ich habe ja auch noch gar keinen Einkaufszettel geschrieben!«, meinte Frau Nitschmann.

»Es muss ja nicht heute sein«, sagte Violetta. »Wir können auch morgen wiederkommen. Oder übermorgen.«

»Tja, also… wenn ihr das wirklich machen würdet… eigentlich kann ich das gar nicht annehmen, aber wenn ihr wirklich… die schweren Wasserflaschen schaffe ich kaum noch allein.«

»Na also«, sagte Celina. »Dann sind wir morgen gegen fünf wieder hier, da haben wir auch alle Schularbeiten fertig. Abgemacht?«

»Morgen kann ich nicht«, sagte Kerim leise. »Und Rima auch nicht. Morgen feiern wir den ganzen Tag das Zuckerfest, das Fest zum Ende unseres Fastenmonats Ramadan. Da bekommen wir viel Besuch und essen gute Sachen, vor allem Süßes. Wir Kinder bekommen auch Geschenke und Geld. Ich habe doch mal gesagt, dass ich mir dann vielleicht einen Cityroller kaufen will.«

»Zuckerfest? Den ganzen Tag?«, fragte Freddie zurück. »Bist du dann gar nicht bei meiner Buchvorstellung dabei?«

Kerim schüttelte den Kopf. »Mein Vater hat mir neulich schon eine Entschuldigung für Herrn Sturm mitgegeben. Am Zuckerfest haben wir frei.«

»Ihr habt frei und wir müssen zur Schule?« Freddie wollte sich richtig aufregen. Aber Hung hielt ihn zurück und Kerim legte ihm den Arm um die Schulter.

»Vielleicht darf ich euch einladen«, sagte er. »Am Nachmittag, wenn es mit dem Essen richtig losgeht. Ich muss bloß erst meine Eltern fragen. Dann könnt ihr erst für Frau Nitschmann einkaufen gehen und danach kommt ihr zu uns«, sagte er beinahe schüchtern. Zum Glück sah Freddie da schon wieder freundlicher aus.

»Zuckerfest klingt gut«, sagte auch Celina.

Wir verabschiedeten uns von Frau Nitschmann, danach gingen wir alle nach Hause. Da ich nächste Woche mit der Buchvorstellung dran war, las ich noch gemütlich den Kinderkrimi zu Ende, den ich mir ausgesucht hatte.

Zuckerfest bei Kerim und Rima

Am nächsten Tag kamen Kerim und Rima wirklich nicht zur Schule. Ich nahm aber das Blatt mit der Inhaltsangabe, das Freddie bei seiner Buchvorstellung austeilte, für Kerim mit. In unserer Klasse fehlten noch mehr Kinder, denn wir haben fast mehr türkische und arabische Mitschüler als deutsche.

»Dann machen wir uns heute aber auch keinen Stress«, verkündete Herr Sturm augenzwinkernd. »Sonst muss ich ja alles noch mal erzählen, wenn die muslimischen Schüler wieder da sind.« Er öffnete seinen Schrank und holte einen Schokoladenkuchen hervor, den er in vierzehn genau gleich große Stücke schnitt.

»Haben Sie den selber gebacken oder Ihre Frau?«, wollte Antonia wissen.

»Meine Freundin«, sagte Herr Sturm. »Meine Kuchen brennen leider immer an; ich kann nur Pizza backen.«

Wir ließen uns den Kuchen schmecken. Danach erzählte uns Herr Sturm alles, was er über das Zuckerfest wusste, und zeigte uns sogar einen Film darüber, den er mal aus dem Fernsehen aufgenommen hatte.

»Hat jemand schon mal türkisches Essen probiert? Außer Döner, meine ich?«, fragte er. Ich kannte mich damit ja schon ziemlich gut aus und erzählte, dass Kerim uns Nachbarskinder vielleicht einladen würde. Die anderen schauten ein bisschen neidisch. Danach redeten wir noch ein bisschen über unsere eigenen Lieblingsfeste und was uns dabei am besten gefiel. So verging die Stunde schnell.

Hinterher hatten wir Sport und dann noch Musik und Mathe. In Musik sang uns Herr Sturm alte Seemannslieder zur Gitarre vor, in Sport durften wir auf allen Geräten frei turnen, und in Mathe machten wir nur Wiederholungen und Rechenspiele.

»Von mir aus können die Muslime öfter Zuckerfest feiern«, sagte Freddie später auf dem Heimweg. Celina, Violetta, Hung und Emma stimmten ihm zu, denn auch ihre Lehrerinnen waren lockerer drauf gewesen als sonst, hatten Filme gezeigt und gemütlichen und leichten Unterricht gemacht.

Aber jetzt beeilte ich mich doch, nach Hause zu kommen, und auch Emma ging schneller als sonst. Zu gespannt waren wir, ob wir wirklich noch bei Kerim und Rima eingeladen waren und das Zuckerfest mitfeiern durften.

»Ja, Kerim war hier«, verkündete Mama, die wir bestürmt hatten, sobald wir durch die Tür getreten waren. »Er hat gesagt, seine Eltern und alle anderen Verwandten freuen sich, wenn ihr gegen vier Uhr nach oben kommt. Dann sind die Verwandten alle da und in der Moschee waren sie ja schon morgens. Vielleicht bekommt ihr noch mit, wie die Kinder ihre Geschenke bekommen.«

»Au weia.« Emma schlug sich auf den Mund. »Wir müssten Kerim und Rima ja auch was schenken! Wie machen wir das nur so schnell?«

Mama grinste verschmitzt und sagte, sie habe vormittags beim Einkaufen gleich etwas für unsere besten Freunde besorgt.

»Schließlich will ich nicht, dass ihr wegen des Zuckerfestes noch eure Hausaufgaben vernachlässigt«, sagte sie. »Soweit kommt es noch.«

»Wir haben ausnahmsweise keine auf«, sagte ich wahrheitsgemäß.

Mama zeigte uns, was sie gekauft hatte: Für Rima ein Perlenbastelset und für Kerim einen Lenkdrachen. Wir konnten es kaum erwarten, den beiden die Sachen zu überreichen, so gespannt waren wir, ob sie sich auch wirklich über unsere Geschenke freuen würden. Schon jetzt stellte ich mir vor, wie Kerims Drachen mit dem Herbstwind in den Himmel steigen würde. Im Park würde das bestimmt gut gehen.

Beim Mittagessen bekamen Emma und ich kaum etwas hinunter, aber bei Kerims Familie würde es sicher sowieso wieder Unmengen zu essen geben. Sobald wir fertig waren, klingelten wir die anderen heraus – außer Kerim und Rima natürlich. Gemeinsam gingen wir zu Frau Nitschmann, um ihren Einkaufszettel abzuholen. Violetta hatte eine Einkaufstasche dabei.

»Es duftet bis zu mir herein nach süßem Gebäck«, sagte Frau Nitschmann, nachdem wir in ihre Wohnung getreten waren. »Das Zuckerfest der Muslime ist eine feine Angelegenheit. Schön, dass ihr das heute einmal kennenlernen dürft.«

Wir beeilten uns mit dem Einkaufen. Zum Glück brauchte Frau Nitschmann nur zwei Liter Milch und je einen Beutel Zwiebeln und Kartoffeln. Sonst hielten wir uns immer gerne im Supermarkt auf, aber heute konnten wir ihn gar nicht schnell genug verlassen. Wir räumten alles in die Schränke unserer Nachbarin und entschuldigten uns, weil wir so schnell wieder losmussten.

»Aber das weiß ich doch«, lachte Frau Nitschmann. »Viel Spaß euch allen.«

Dann eilten wir jeder zurück in unsere Wohnungen, um unsere besten Sachen anzuziehen. Mama schärfte Emma und mir noch ein, uns ja zu benehmen und die Sitten der fremden Kultur zu respektieren. Ich wusste nicht, was für Sitten das sein sollten, und sagte einfach »jaja«, damit sie uns endlich gehen ließ.

Vor Kerims und Rimas Wohnungstür trafen wir uns mit den anderen wieder. Auch Violetta, Benni, Hung, Celina und Freddie waren gut angezogen und hatten kleine, schön eingepackte Geschenke dabei. Violetta trug sogar einen Blumenstrauß für Kerims Mutter im Arm. Aus der Wohnung waren türkische Musik und viele Stimmen zu hören. Ich drückte auf den Klingelknopf. Rima öffnete.

»Kommt rein«, sagte sie, dabei war der Korridor so voller Menschen, dass ich gar nicht wusste, wie wir alle auch noch hineinpassen sollten. Ein paar Erwachsene gingen aber sowieso gerade ins Wohnzimmer. Wir standen erst mal ein bisschen verlegen da, ich sah mich nach Kerim um. Aber dann rettete uns mal wieder Benni, dem nie irgendwas peinlich ist.

»Müssen wir *Herzlichen Glückwunsch* sagen?«, fragte er. Rima grinste.

»Naja, in der Familie sagen wir das schon«, erklärte Rima. Und dann kam endlich auch Kerim aus seinem Zimmer. Wir überreichten beiden unsere Geschenke und sagten »Herzlichen Glückwunsch zum Zuckerfest«.

»Jetzt müsst ihr als Erstes eine Süßigkeit essen«, sagte Rima und hielt uns eine Schale mit verschiedenen Schokoriegeln und Bonbons hin. »Wir haben das gleich nach dem Aufstehen gemacht – sogar noch vor dem Frühstück. Aber da wart ihr ja noch nicht da.«

Wir nahmen uns jeder eine Süßigkeit, dann gingen wir in Kerims Zimmer, wo er und Rima ihre Geschenke auspackten. Rima freute sich so sehr über das Perlenbastelset, dass sie Emma beinahe die Luft abdrückte, so fest umarmte sie sie. Und als Kerim den Drachen auspackte, blickte er einen Augenblick lang sehnsüchtig zum Fenster hinaus.

»Am liebsten würde ich ihn gleich steigen lassen«, seufzte er. »Aber beim Zuckerfest dürfen wir nicht einfach zum Spielen rausgehen.«

Auch unsere anderen Freunde hatten Kerim und Rima schöne Geschenke mitgebracht. Kerim freute sich, glaube ich, am meisten über ein Knobelspiel, das ihm Hung mitgebracht hatte und Rima über das Freundschaftsarmband von Celina.

»Hammer hat auch einmal drauf rumgekaut«, sagte Celina. »Aber nur ganz kurz. Ich konnte es ihm gerade noch rechtzeitig wegnehmen.« Da sah Emma beinahe ein bisschen neidisch aus, so als ob deswegen der Hund Rima das Freundschaftsband geschenkt hätte. Ich könnte mir aber bessere Geschenke vorstellen als etwas, worauf Hammer herumgekaut hat.

Wir probierten das Knobelspiel aus, dann gingen wir zu den Erwachsenen ins Wohnzimmer. Alle begrüßten uns

Nachbarskinder laut und fröhlich und umarmten uns, als ob wir zur Familie gehörten, dabei hatten wir die meisten von ihnen noch nie gesehen. Die älteren Leute sahen alle sehr türkisch aus, vor allem die Frauen, weil sie sogar in der Wohnung ihr Kopftuch anbehielten. Dabei war es gar nicht kalt.

»Das ist meine Oma«, sagte Kerim, der wohl gemerkt hatte, dass ich eine dieser älteren Damen, die auf dem Sofa saßen, besonders lange anstarrte. »Sie und mein Opa sind extra aus der Türkei angereist. Du musst gleich mal Omas Baklava probieren, keiner kann die so gut backen wie sie!«

»Müssen wir zu den Erwachsenen auch *Herzlichen Glückwunsch* sagen?«, fragte ich leise. Kerim lachte und nickte.

»Aber die Hände küssen müsst ihr ihnen nicht«, sagte er. »Das machen nur wir bei unseren Verwandten. Guck mal, so.« Er sagte zu seinem Opa etwas auf Türkisch und er antwortete ihm und lachte uns dabei die ganze Zeit an. Plötzlich beugte sich Kerim vor, nahm die Hand seines Opas und küsste sie, danach legte er ganz kurz seine Stirn auf dessen Handrücken.

»Sehr ihr«, sagte er zu uns, »das ist einer unserer Bräuche beim Zuckerfest. Damit zeigen wir den Älteren, dass wir Respekt vor ihnen haben.«

»Ich will das aber auch mal machen!«, rief Benni, und

schon kniete er vor Kerims Opa und machte alles genauso wie Kerim. Der Opa lachte so sehr, dass man hinten in seinem Mund einen goldenen Zahn funkeln sah. Dann sagte seine Oma wieder etwas auf Türkisch zu Kerim.

»Sie meint, wir sollten euch jetzt erst mal etwas zu essen geben«, übersetzte er. Ich fand, das war eine sehr gute Idee. Es war Zuckerfest und ich hatte einen Riesenappetit auf Süßes. Besonders auf den türkischen Kuchen, dessen Namen ich inzwischen schon wieder vergessen hatte, war ich neugierig.

»Habt ihr noch nie Baklava gegessen?«, fragte Kerims Mutter. »Das glaube ich nicht.«

Die Verlobte von Kerims Bruder Birol trug ein Tablett herein und jetzt erkannte ich den Kuchen.

»Doch!«, sagte ich. »Den haben Sie doch auch gemacht, als wir hier im Haus eingezogen sind!« Wir setzten uns alle irgendwo hin, wo gerade Platz war, es wurde schnell ziemlich eng. Jeder bekam einen Teller und konnte sich von sechs verschiedenen Kuchensorten etwas aussuchen. Ich aß zuerst Baklava, weil ich den Sirup, mit dem diese kleinen Kuchenstücke übergossen werden, so lecker finde. Leider merkte ich beim Kauen mein Loch im Backenzahn wieder etwas. Trotzdem nahm ich noch ein zweites Stück und dann noch einen kleinen runden Kuchen, der mit Nuss gefüllt war. Dazu tranken wir süßen Apfeltee aus kleinen Gläsern.

»Den kriegst du in der Türkei fast in jedem Geschäft angeboten«, sagte Kerim stolz. »Gleich wenn du reinkommst.«

Als wir alle das Gefühl hatten, fast zu platzen von so viel Kuchen, schlug Kerim vor, zu den Nachbarn im Haus zu gehen und ihnen zum Zuckerfest zu gratulieren.

»Natürlich nur zu den muslimischen«, sagte er. »Türken und Araber. Die Deutschen feiern ja kein Zuckerfest.«

»Aber zu Frau Nitschmann können wir doch trotzdem gehen«, schlug Emma vor. »Vorhin hat sie gesagt, das Zuckerfest ist eine feine Sache.«

»Dann können wir ihr ja Kuchen mitbringen!« Rima flitzte gleich in die Küche und machte einen kleinen Teller für Frau Nitschmann fertig. Von jeder Kuchensorte legte sie ein Stück darauf, sie konnte es schon fast so appetitlich anrichten wie ihre Mutter. Die legte noch Frischhaltefolie drüber und passte auf, dass sie auch überall gut haftete, damit der Sirup nicht auf den Boden kleckerte.

Zuerst gingen wir trotzdem zu allen Nachbarn, an deren Klingelschildern ausländische Nachnamen standen.

»Kennst du die alle?«, wollte Hung von Kerim wissen, und der nickte.

»Sie waren heute Morgen auch alle in der Moschee«, sagte er und drückte schon auf den ersten Klingelknopf. »Manche sind auch entfernte Verwandte von uns, einer hat früher in derselben Stadt gewohnt wie wir.«

Ein Mann, den ich im ersten Moment fast mit Kerims Vater verwechselt hätte, machte auf. Er begrüßte uns sehr freundlich auf Deutsch und wir gratulierten ihm zum Zuckerfest. Hinter ihm erschien seine Frau und hielt uns einen Korb mit Süßigkeiten hin, wie es ihn auch bei Kerims und Rimas Familie gegeben hatte, und wir langten kräftig zu. Danach griff der Mann in seine Hosentasche und zog ein paar Münzen heraus, die er uns in seiner flachen Hand entgegenstreckte. Kerim nahm sie und bedankte sich, dann wünschten wir den Leuten noch einen schönen Tag und verabschiedeten uns.

»Soll das jetzt alles für dich sein, oder wie?«, fragte Celina und hielt schon ihre Hand auf. Benni drängelte sich zu Kerim nach vorne und wollte gleich zugreifen, aber Violetta hielt ihn zurück.

»Kerim muss entscheiden, ob er uns was abgibt«, sagte sie. »Wir sind beim Zuckerfest ja nur Gäste. Oder willst du auch deine Weihnachtsgeschenke mit ihm teilen?«

Da war Celina still, aber jetzt schob Benni die Unterlippe vor.

»Bei meinem Geburtstag kriegen auch immer alle Kinder einen Preis. Sonst mache ich nicht mehr mit.« Schon wieder griff er nach Kerims Hand. Der jedoch hatte seine Finger um die Geldstücke gelegt.

»Warte doch mal!«, rief er. Aber Benni versuchte, Kerims Finger auseinanderzubiegen, Kerim gab freiwillig nach, und schon fielen ein paar Münzen klimpernd auf den Boden. Violetta hielt Benni fest, der sich gleich wieder draufstürzen wollte. Celina trat mit dem Fuß auf die Geldstücke.

»Spinnt ihr?«, zischte Hung. »Wir wollten eigentlich noch zu anderen Nachbarn gehen, aber so wie ihr euch benehmt, macht bestimmt gar nicht erst jemand auf. Heb das Geld auf, Celina.«

»Nur wenn Kerim uns was abgibt.«

»Wer sagt denn, dass ich das nicht mache?« Kerim warf die Hände in die Luft. »Das Geld, was wir zusammenbekommen, teilen wir entweder zum Schluss auf, oder es kommt in unsere Bandenkasse. Hast du schon vergessen, dass wir eigentlich immer zusammenhalten wollen?«

»Bandenkasse klingt gut«, sagte ich. »Dann können wir für noch mehr Funkgeräte sparen. Oder für Cityroller. Oder mal alle zusammen ins Kino gehen.«

Drei türkische und zwei arabische Nachbarn gab es noch in unserem Haus und zum Glück blieben jetzt alle friedlich. Zum Schluss gingen wir noch zu Frau Nitschmann und brachten ihr den türkischen Kuchen.

»Das ist mir ja in den ganzen vierundsiebzig Jahren meines Lebens noch nicht passiert«, sagte sie, und jeder ihrer ungefähr fünfhundert Falten im Gesicht schien sich aufwärtszurichten. »Dass jemand kommt und mir etwas zum Zuckerfest bringt. Dabei bin ich doch gar keine Muslimin!« Aber auch sie gab uns etwas Geld, jedem genau fünfzig Cent. Ich überlegte, ob ich nicht wenigstens die für mich behalten sollte. Aber dann entschloss ich mich doch, meine Münze in die Bandenkasse zu legen. An so einem Tag wie heute fand ich das irgendwie besser.

Als wir fertig waren, gingen wir wieder zurück zu Kerim und Rima. Ihre Mutter hatte schon wieder ganz viel Essen auf den Tisch gestellt, dieses Mal aber fast nur salzige Sachen aus Fleisch, Blätterteig und Gemüse, wie sie sie auch sonst immer macht. Wir schlugen uns noch einmal den Bauch voll, dann war es leider schon Zeit, nach Hause zu gehen.

»Habt ihr auch die Sitten der fremden Kultur beachtet?«, wollte Mama wissen, als wir in unsere Wohnung traten. Ich konnte wirklich kaum noch laufen, so satt war ich.

»Logisch«, antwortete ich. »Und deshalb zeige ich dir jetzt mal, dass ich Respekt vor dir habe, Mama.« Ich küsste ihre Hand und drückte danach ihren Handrücken an meine Stirn. Mama lachte.

»So weit musst du gar nicht gehen«, meinte sie. »Mir würde es schon genügen, wenn du endlich mal dein Zimmer aufräumst.«

Das machte ich an dem Abend zwar nicht mehr, und Emma in ihrem Zimmer auch nicht. Aber als ich schlafen ging, kippte ich wie so oft mein Fenster an und lauschte, ob aus Kerims Wohnung noch Geräusche von der Feier nach unten drangen. Und dachte daran, dass Kerim unsere Feste auch unbedingt kennenlernen sollte. Vielleicht konnte ich ihm eine Überraschung zum Nikolaus machen. Aber bis dahin war es noch lange hin. Erst mal hörte ich weiter der fröhlichen Musik zu und stellte mir vor, was seine Familie gerade machte. Ich glaube, sie haben getanzt.

Ein neues Tier am Brunnenplatz

Am Samstag nach dem Zuckerfest trafen wir uns alle in unserer Clubzentrale wieder. Kerim hatte eine echte Geldkassette dabei, und in der lag alles Geld, das wir von den Nachbarn bekommen hatten. Hung durfte es zählen, weil er der Klügste von uns allen ist und bestimmt keinen Fehler machen würde. Wir anderen waren ganz still, während er den Wert aller Münzen zusammenrechnete.

»Sieben Euro und fünfunddreißig Cent«, verkündete er. »Große Sprünge können wir damit zwar nicht machen, aber es ist ein Anfang. Wofür wollen wir es verwenden?«

»Süßigkeiten kaufen«, schlug Benni vor und leckte sich schon genüsslich die Lippen.

»Wohl kaum«, erwiderte Kerim. »Wir haben noch so viel vom Zuckerfest übrig, dass es für Wochen reicht. Zeig mal unsere Schätze her, Rima.«

Rima stellte einen Korb auf den Teppich in unserer Mitte. Tatsächlich waren noch jede Menge Kuchenreste,

Schokoriegel, Kekse und Bonbons darin und wir fielen gleich darüber her. Dabei hatte ich nach dem Zuckerfest noch gedacht, ich könnte nie mehr etwas Süßes essen! Aber jetzt schmeckte es wieder so gut, als wäre das alles schon Monate her.

»Beim Thema Geld fällt mir Frau Nitschmann ein«, bemerkte Violetta etwas zögerlich. »Wir müssten wenigstens fragen gehen, ob sie irgendwas braucht, bevor die Geschäfte zumachen.«

Celina maulte, wir wären doch erst da gewesen und die Milch wäre bestimmt noch nicht alle, aber wir anderen gingen einfach los, da kam sie schon mit. Frau Nitschmann schien uns auch wirklich schon zu erwarten – doch wie sich herausstellte, nicht wegen der Einkäufe, die wir für sie erledigen sollten, sondern weil sie sich etwas ausgedacht hatte, das uns sofort begeisterte.

»Seit ihr mich so oft besuchen kommt«, begann sie, »Ist mir erst aufgefallen, wie allein ich eigentlich hier in meiner Wohnung bin. Die Beine wollen manchmal nicht mehr so richtig und mein Sohn und seine Frau wohnen in einer ganz anderen Stadt und arbeiten beide. Ich kann nicht erwarten, dass sie mich dauernd besuchen kommen. Aber durch euch habe ich gemerkt, wie gut es mir tut, etwas Gesellschaft zu haben.«

Emma setzte sich auf die Armlehne des Sessels, in dem Frau Nitschmann saß.

»Wir können ja *noch* öfter kommen«, schlug Benni vor und steckte sich ganz schnell einen der Kekse in den Mund, die in einem Glasschälchen auf dem Tisch standen.

Frau Nitschmann schüttelte den Kopf.

»Das meine ich damit nicht«, erwiderte sie mit einem geheimnisvollen Lächeln. »Ich habe mir etwas anderes ausgedacht. Wer von euch errät es als Erster?«

»Sie müssten ein Tier haben!«, rief Emma. »Tiere haben immer Zeit und sind fast noch lieber als Menschen.«

Das fand ich zwar etwas übertrieben – nie im Leben würde ich meine besten Kumpels Kerim und Hung gegen ein Meerschweinchen oder sogar einen Hund eintauschen wollen. Aber Emma war so was zuzutrauen. Und Frau Nitschmann musste ja gar nicht tauschen.

»Genau das habe ich auch gedacht«, antwortete sie deshalb. »Eine Katze zum Beispiel… meine Güte, früher auf dem Bauernhof haben wir immer Katzen gehabt. Tagsüber haben sie Mäuse gefangen, aber abends kamen sie in die Stube, wärmten sich am Ofen und ließen sich von uns Kindern streicheln. Sie hatten so weiches, herrlich gezeichnetes Fell… eine Katze wäre mir eine gute Partnerin, glaube ich. Es müsste ja gar kein Katzenkind mehr sein, das den ganzen Tag spielen will und vielleicht noch an meinen Gardinen hochklettert. Eine ältere, ruhige, die sich auf meinem Schoß zusammenrollt – die wäre für mich alte Frau genau richtig.«

»Solche Katzen gibt es im Tierheim massenhaft«, wusste Hung. »Ich kann ja mal im Internet nachgucken und Ihnen Bescheid sagen, wenn Sie wollen.«

»Wir können doch auch hinfahren!«, rief Emma und sprang auf. »Mit Ihnen zusammen, Frau Nitschmann! Einer unserer Väter macht das bestimmt mit dem Auto.«

»Da müssten aber schon mindestens zwei fahren«, wandte Hung ein. »Wir wollen doch schließlich alle mitkommen und eine Katze aussuchen, oder?«

»Mir ist es eigentlich egal«, sagte ich. »Von mir aus können das auch die Mädchen machen und wir Jungs gehen so lange mit Kerims Drachen raus.«

»Oder wir fahren mit dem Bus«, schlug Violetta vor. »Ich war schon mal mit einer Freundin aus meiner Klasse im Tierheim, da muss man nur einmal umsteigen. Dann könnten wir auf jeden Fall zusammen fahren. Wir müssten bloß eine Katzenkiste mitnehmen.«

»Ich habe eine!«, rief Freddie. »Wir hatten mal eine Katze, aber die mussten wir letztes Jahr einschläfern lassen, weil sie schon 20 Jahre alt war und nicht mehr fressen konnte. Aber die Kiste ist noch da. Wann hätten Sie denn Zeit, Frau Nitschmann?«

»Zeit habe ich immer«, meinte sie. »Am besten, ich erkundige mich telefonisch nach den Öffnungszeiten des Tierheims, und ihr regelt die Sache mit euren Eltern. Es muss ja nicht sofort sein.«

Da waren wir natürlich anderer Meinung. Wir stoben auseinander und in unsere Wohnungen zurück, wenige Minuten später trafen wir uns erneut in unserer Clubzentrale. Alle Eltern hatten erlaubt, dass wir mit Frau Nitschmann zum Tierheim fuhren. Mama war sogar schon zu ihr gegangen, um sich zu vergewissern, dass wir uns da nicht wieder irgendetwas Verrücktes ausgedacht hatten und ob sie auch wirklich noch mit dem Bus fahren konnte. Hung hatte einen Busfahrplan mitgebracht und Freddie die Katzenkiste. Emma hatte aus ihrem Zimmer gleich eine kleine Stoffmaus für die Katze geholt und Mama hatte uns ein altes Handtuch gegeben, falls sonst niemand etwas dabeihatte, worauf sie weich und warm liegen konnte. Natürlich war meine Schwester ganz zappelig, fast so, als ob sie selbst ein Haustier bekommen sollte.

»Dann scheint ja für alles gesorgt zu sein«, stellte Kerim zufrieden fest. »Also dann: Abflug, Leute!«

Wir kramten alles zusammen und gingen zurück zu Frau Nitschmann, um ihr die Katzenkiste zu zeigen. Wir staunten nicht schlecht, als sie uns die Tür öffnete. Frau Nitschmann stand bereits frisch gekämmt und in Straßenschuhen und Mantel im Korridor, als hätte sie uns schon ungeduldig erwartet. Neben ihr stand noch immer Mama – aber auch Kerims Vater, der ein dickes Schlüsselbund über seinem Kopf schwenkte.

»Auf keinen Fall wird die arme Frau Nitschmann mit euch Rasselbande alleine losziehen!«, bemerkte Mama energisch. »Auf keinen Fall passt sie die ganze Zeit allein auf euch auf. Was ihr euch immer ausdenkt! Zum Glück hat Herr Yildiz einen Kleinbus auftreiben können, in den ihr alle reinpasst.«

»So umsichtige junge Leute wohnen hier«, sagte Frau Nitschmann und schüttelte immer wieder den Kopf. »So umsichtige junge Leute. Vielen Dank, das ist wirklich sehr aufmerksam von Ihnen.«

Ihre letzten Worte gingen in unserem Jubel unter, dann stürmten wir hinter Kerims Vater her nach draußen. Er holte tatsächlich einen Kleinbus mit zwölf Plätzen aus der Tiefgarage. Frau Nitschmann durfte natürlich auf den Beifahrersitz und wir Kinder stritten uns um die Fensterplätze.

»Wenn ihr so viel Lärm macht, fahre ich nicht los«, sagte Kerims Vater, und da waren wir ganz schnell leise, sogar Benni, der schon Motorengeräusche von sich gegeben hatte, als wir noch standen.

Im Tierheim angekommen, wurden wir erst recht still. Schon von Weitem hörten wir Hundegebell, und ich konnte Emma ansehen, dass sie am liebsten ins Hundehaus gerannt wäre und alle Vierbeiner freigelassen und mit nach Hause genommen hätte. Eine freundliche junge Frau in Gummistiefeln begrüßte uns und fragte nach unserem Wunsch.

»Ich möchte einer Katze ein neues Zuhause geben«, antwortete Frau Nitschmann. Die Frau nickte, dann sah sie uns Kinder an.

»Sind das alles Ihre Enkelkinder?«, fragte sie und runzelte ihre Stirn, aber wir schüttelten schnell den Kopf und versicherten, dass wir nur im selben Haus wohnten.

»In den ersten Tagen soll sich das Tier nämlich vor allem an die neue Umgebung und den Besitzer gewöhnen«, erklärte die Tierpflegerin. »Eine ganze Rasselbande von Kindern, die sie streicheln wollen, würde ihm Angst machen.«

»Das wissen meine kleinen Freunde«, beruhigte Frau Nitschmann sie. »Sie haben schon einmal sehr verantwortungsvoll für einen jungen Spatz gesorgt, der aus dem Nest gefallen war. Und diese junge Dame«, sie zeigte auf Celina, die sich gleich ein bisschen reckte, »hat sogar selbst einen Hund.«

Da sah die Frau schon etwas zufriedener aus und führte uns über das Tierheimgelände. Emma zupfte sie sachte am Ärmel.

»Müssen die Tiere hier lange warten, bis jemand kommt und sie abholt?«, fragte sie leise. Ich konnte ihr ansehen, dass sie am liebsten weinen wollte, weil ihr die Hunde so leidtaten, die in ihren Gehegen nach einem neuen Herrchen oder Frauchen bellten. Aber die Tierpflegerin strich ihr lachend übers Haar.

»Das ist ganz unterschiedlich«, antwortete sie. »Manchmal dauert es etwas länger, weil jedes Tier ja auch einen Besitzer bekommen soll, bei dem es sich wirklich wohl fühlt und der zu ihm passt. Viele Leute gehen nur danach, ob der Hund hübsch aussieht. Aber was soll zum Beispiel ein junger Hund mit glänzendem, weichem Fell und großen Knopfaugen, der aber vielleicht den ganzen Tag rennen und toben will, bei einem Besitzer, der eigentlich einen ganz ruhigen Hund braucht? Da warten wir lieber etwas länger, bis wir auch wirklich den passenden Besitzer gefunden haben. Und bis dahin bekommt jeder Hund von uns so viele Streicheleinheiten und Spaziergänge, wie er will. Du musst dir also keine Sorgen machen, kleine Tierfreundin.«

Da lächelte Emma wieder und wir konnten zum Katzenhaus gehen. Frau Nitschmann wiederholte noch einmal, dass sie eine ruhige, verschmuste Katze haben möchte, die ruhig schon etwas älter sein darf.

»Das ist gut«, sagte die Tierpflegerin erfreut. »Die meisten Leute wünschen sich nämlich jüngere Tiere. Ich glaube, da weiß ich schon eine passende Gefährtin für Sie.« Sie ging voraus zu einem großen Katzengehege, in dem mehrere Fellnasen auf Kratzbäumen und Kuscheldecken saßen und in die Gegend schauten oder schliefen. Eine von ihnen hob den Kopf und gähnte, dann stand sie auf, streckte sich ausgiebig und kam zu uns nach vorne getrottet. Eine andere zog sich in eine Höhle zurück, zwei etwas kleinere schwarz-weiß gefleckte Katzen jagten einander durch das Gehege.

»Katzenbabys«, flüsterte Emma ergriffen. »Wie süß!«

»Meinen Sie diese?«, fragte Frau Nitschmann jedoch und bückte sich leicht zu der ersten Katze vor und hielt ihren Handrücken zum Beschnuppern gegen die Gitterstäbe.

»Genau diese«, bestätigte die Tierpflegerin, »und es sieht so aus, als ob unsere Mia der gleichen Meinung ist.«

»Mia!«, rief Emma entzückt aus und wollte schon die Katze zu sich locken, aber Violetta hielt sie sachte zurück. Wir blieben alle im Halbkreis vor dem Gehege stehen und versuchten, keinen Laut von uns zu geben. Stattdessen beobachteten wir die Katze, die nun ihren Schwanz aufrichtete und tatsächlich an Frau Nitschmanns Hand schnupperte. Mia war so süß! Sie hatte ziemlich dunkelbraunes Fell, das aber auch ein bisschen getigert aussah, und eine Hälfte ihres Gesichts war hellbraun.

»Diese Fellzeichnung nennt man Schildpatt«, erklärte die Pflegerin. Am Kinn hatte Mia schon ein paar weiße Haare, daran konnte man sehen, dass sie nicht mehr richtig jung war. Frau Nitschmann fragte, wie alt sie sei.

»Ungefähr sieben Jahre«, meinte die Tierpflegerin. »Vielleicht auch acht. Genau können wir es nicht sagen. Sie war einer Familie zugelaufen, aber die konnte sie nicht behalten, weil der kleine Sohn eine ganz schlimme Tierhaarallergie hatte. Er bekam richtig Asthma davon. Deshalb ist sie seit drei Wochen hier.«

Frau Nitschmann streckte jetzt ihren Zeigefinger durch das Gitter und schaffte es, Mia am Kopf zu streicheln. Die drückte ihn auch gleich fest gegen ihre Hand, und auf einmal hörten wir ein ganz zartes, helles »Miaaau!«. Da konnten wir Kinder doch nicht länger stillbleiben, aber wir stießen nur ganz leise Freudenschreie aus, um sie nicht zu erschrecken.

»Na, ich glaube, da sind sich zwei schon einig geworden«, meinte die Pflegerin. »Oder möchten Sie noch andere Katzen kennenlernen?«

»Ach was.« Frau Nitschmann hörte gar nicht mehr auf, Mia zu streicheln. »Komm mal mit deiner Kiste her, Freddie. Ohne Mia gehe ich hier nicht weg.«

Freddie stellte die Transportkiste neben Frau Nitschmann und öffnete den Deckel. Während die Pflegerin das Gittertor aufschloss und ins Gehege stieg, zupfte Emma das Handtuch zurecht, das wir für Mia hineingelegt hatten und schob die Kiste ebenfalls hinein. Mia wich ein paar Meter zurück und wollte in einer Kuschelhöhle verschwinden, aber die Pflegerin war geschickt darin, Tiere einzufangen, und hatte sie schnell auf den Arm genommen. Erleichtert atmeten wir auf, als Mia in der Kiste saß und der Deckel sicher verschlossen war. Im Büro des Tierheims musste Frau Nitschmann ein Formular ausfüllen und eine Schutzgebühr bezahlen. Wir Kinder hockten uns inzwischen im Kreis um die Transportkiste und steckten unsere Finger durch die Lüftungsschlitze, damit sich Mia an unseren Geruch gewöhnte.

»Meinen Finger hat sie angeknabbert«, verkündete Benni. »Vielleicht weil ich zu Hause ein Brot mit Leberwurst gegessen habe. Oder sie mag Kinderfinger!«

Wir konnten es gar nicht erwarten, bis wir endlich wieder im Auto saßen und mit der Katze nach Hause fahren konnten. Mia maunzte die ganze Zeit während der Fahrt.

»Sie hat Angst«, vermutete Emma mit einer ganz kläglichen Stimme.

»Oder ihr ist schlecht«, meinte Celina. »Hoffentlich spuckt sie da drin nicht.«

»Es ist alles sehr aufregend für sie«, wusste Hung. »Anders kann sie das ja nicht sagen. Wenn ich mit meinen Eltern verreise, rede ich im Auto auch die ganze Zeit.« Da mussten wir alle lachen.

Am liebsten wären wir alle noch mit zu Frau Nitschmann gegangen, um zu sehen, wie sich Mia eingewöhnte. Aber wir wussten ja, wie verkehrt das gewesen wäre. Auch wenn Benni jetzt sogar ein bisschen quengelte.

»Kinder«, rief Frau Nitschmann aber dennoch, als wir endlich vor ihrer Wohnungstür angekommen waren. »Jetzt brauche ich aber doch noch eure Hilfe. Ich habe ja gar kein Katzenfutter im Haus und eine Katzentoilette mit Streu darin braucht Mia auch! Wärt ihr so lieb, mir das alles noch schnell einkaufen zu gehen?«

Das versprachen wir nur zu gern. Manche Tage am Brunnenplatz sind so toll, dass man es kaum glauben kann.

Eine kleine Ausreißerin

Kaum traten wir nach draußen auf den Brunnenplatz, um zum Supermarkt zu gehen und die Sachen für die Katze zu kaufen, trauten wir unseren Augen nicht.

»Bin ich blöde?«, rief Kerim und riss die Augen auf. »Dass ich das überhaupt noch nicht gesehen habe!«

»Das hätte uns längst auffallen müssen!«, stieß auch Freddie hervor.

»Blödsinn. Wir waren eben beschäftigt«, meinte Hung. »Da übersieht man schon mal was. Außerdem war es bis jetzt noch gar nicht so auffällig.«

»Hauptsache wir bemerken es überhaupt noch rechtzeitig«, fand ich und zog den Reißverschluss meines Anoraks bis ganz nach oben, denn es wehte ein ziemlich kalter Herbstwind zwischen den Hochhäusern auf den Platz. Gleichzeitig musste ich grinsen, weil es schon wieder etwas Neues gab, worauf meine Freunde und ich uns freuen konnten, denn das, was uns erst jetzt so richtig auffiel, waren die vielen Halloween-Sachen, die überall die Geschäfte am Brunnenplatz schmückten. Ein paar Süßigkeiten in Kürbis- und Gespensterform hatten wir zwar schon beim Bäcker gesehen, aber solange es draußen noch hell und warm war, hatten wir noch gar nicht richtig an Halloween gedacht. Jetzt aber wurde es schon etwas früher dunkel. Heute Nacht sollten die Uhren auf Winterzeit umgestellt werden und am 31. Oktober ist dann Halloween.

In unserer alten Gegend habe ich Halloween gemocht. Emma, ich und die Freunde aus unserer Straße haben uns verkleidet und an allen Häusern in unserer Straße geklingelt und »Süßes, sonst gibt's Saures!« gerufen. In den Vorgärten leuchteten ausgehöhlte Kürbisse, und unsere Nachbarn haben uns immer Süßigkeiten in die mitgebrachten Tüten gelegt und so getan, als wären sie erschrocken, weil wir so gruselig aussahen. Ich verkleidete mich meistens als Gespenst und Emma als Hexe. Nun war ich neugierig, wie Halloween in der Brunnenplatz-Siedlung sein würde.

Aber erst mal sahen wir uns alles, was wir im Supermarkt finden konnten, ganz genau an. Es gab fast so viel zum Naschen und Dekorieren wie zu Weihnachten, bloß eben nichts Glitzeriges und Kuschliges, sondern Gruselsachen.

»Wir könnten eine Halloween-Party in unserer Clubzentrale machen«, schlug Freddie vor. »Und von da aus gehen wir dann los, um bei Leuten zu klingeln. Seht mal, die Lichterkette hier! Die könnten wir an der Wand aufhängen.« Er hielt eine Kette hoch, an der zehn Totenköpfe befestigt waren. Innen drin waren Glühbirnen.

»Cool«, sagte Kerim, aber Emma und Rima blickten ein wenig ängstlich.

»Die ist mir zu unheimlich«, sagte Rima. »Wenn ihr die kauft, mache ich nicht mit bei Halloween.«

»Ich auch nicht«, beschloss Emma.

»Wenn ich Totenköpfe sehe, kriege ich Albträume«, gestand sogar Benni etwas kleinlaut und schmiegte sich an Violetta. »Das glaube ich nicht«, entgegnete Freddie, aber er legte die Kette trotzdem wieder weg und nahm eine mit Kürbissen. »Geht die?«

Emma und Rima nickten. »Die ist besser«, sagten sie beide gleichzeitig, dann kicherten sie und fingen an, miteinander zu flüstern. Jetzt schienen sie sich richtig auf die Party zu freuen. Am liebsten hätten sie schon Luftschlangen in unseren Einkaufskorb gelegt, dazu noch jede Menge Chips, Salzstangen und Süßigkeiten. Es gab sogar extra Gummitiere für Halloween, Lakritzvampire und orangefarbene Gummikürbisse und weiße Schaumzuckergespenster.

»Das brauchen wir alles«, jammerte Emma, aber wir konnten noch nichts davon kaufen, weil wir nur das Geld für Mias Katzenfutter dabeihatten. Und die Katze ging vor.

»Halloween ist dieses Mal an einem Samstag, genau in einer Woche«, wusste Hung. »Da können wir uns ja schon vormittags treffen und alles zusammen einkaufen. Dann haben wir massenhaft Zeit, die Zentrale zu schmücken und zu überlegen, bei wem wir klingeln wollen.«

Ich horchte auf. Hier in der Brunnenplatz-Siedlung konnten wir ja nicht an den Gartenzäunen stehen bleiben wie früher, weil es gar keine Gartenzäune gibt. Es gibt nur Hochhäuser. Also würden wir an den Wohnungstüren klingeln müssen. Bisher hatten wir das nur einmal bei den türkischen Nachbarn zum Zuckerfest getan. Die waren alle nett gewesen und würden uns bestimmt auch Süßigkeiten geben. Aber wenn jemand schimpfte? Oder wenn vielleicht sogar ein Gangster hinter einer Tür wohnte? In den Hochhäusern kannten wir die meisten Leute ja gar nicht.

»Vormittags kann ich noch nicht«, warf Freddie ein und nahm Rima eine Zehnerpackung grüne Geisterlollis weg. »Da gehen wir erst noch in die Kirche. Unsere ganze Familie. Ich bin bestimmt erst mittags wieder da.«

»Zur Kirche?«, wiederholte Kerim. »An Halloween? Zur Kirche geht man doch wegen Gott. Aber bei Halloween mischt der sich nicht ein, glaube ich, da muss man die Geister schon selber verjagen. Wir gehen jedenfalls nicht extra in die Moschee wegen Halloween.«

»Müsst ihr ja nicht.« Freddie grinste und Rima und

Emma kicherten schon wieder. Die Mädchen finden Freddie alle wegen seiner leuchtend weißen Zähne süß und weil er tanzen kann und immer gute Laune hat, ohne ein Angeber zu sein. »In der Kirche ist Reformationsgottesdienst und den feiert ihr Muslime gar nicht. Genauso wie wir kein Zuckerfest feiern. Den Reformationstag feiern evangelische Christen.«

»Wieso?« Kerim zog die Augenbrauen zusammen. »Ich hab noch nie davon gehört, dass am einunddreißigsten Oktober noch was anderes los ist als Halloween.«

»Ich auch nicht«, sagte Celina. »Wie heißt das – Reform… hä? Was macht ihr da und was bedeutet das?«

Freddie wunderte sich mindestens genauso wie wir.

»Geht ihr nie in die Kirche?«, fragte er. Wir schüttelten alle den Kopf – außer Violetta.

»Ich gehe manchmal mit meiner Mutter«, sagte sie. »Aber wir sind katholisch. Ich weiß auch nicht so genau, was für ein Reformdingsda das ist.«

»Und ihr hattet das auch noch nicht in der Schule? In Religion?«

Wieder mussten wir passen.

»Also gut«, seufzte Freddie. »Vor ungefähr fünfhundert Jahren gab es mal einen Mann, der hieß Martin Luther. Damals wollte die Kirche den Leuten weismachen, Gott würde ihnen ihre Sünden verzeihen, wenn sie an die Kirche Geld bezahlen. In Wirklichkeit wollte der

Papst von dem Geld einen Dom mit lauter Gold darin bauen, mitten in Rom! Aber Luther hat gesagt: So ein Blödsinn, dann würde Gott ja nur reiche Leute lieben, die viel bezahlen können, und die Armen lässt er in der Hölle schmoren, nur weil sie nichts geben können!«

»Da hat er recht«, gab Kerim zu. »Im Koran steht auch, dass man den Armen was geben soll und nicht umgekehrt.«

»Genau«, nickte Freddie. »Martin Luther hat den Menschen klargemacht, dass Gott *alle* Menschen liebt. Sonst hätte er ja gar nicht erst seinen Sohn Jesus Christus auf die Welt schicken brauchen. Der hat nämlich allen Menschen ihre Sünden abgenommen, indem er am Kreuz gestorben ist.«

»Bei uns ist Jesus nur ein Prophet, so wie Mohammad«, widersprach Kerim. »Mohammad ist der Wichtigste.«

»Meine Mutter glaubt gar nicht an Gott«, sagte Celina. »Und ich auch nicht.«

»Kann doch jeder glauben, was er will«, meinte Freddie erneut. »Ich glaub an Gott und an Jesus und meine Eltern auch. Und deshalb gehen wir am Reformationstag in die Kirche, so wie Kerim am Zuckerfest in die Moschee gegangen ist.«

»Schon gut«, sagte Kerim.

»Man kann da aber auch hingehen, wenn man nicht gläubig ist, zum Beispiel um die schöne Musik zu hören«, fuhr Freddie fort. »Ich singe sogar im Chor mit, Gospelchor. Da darf ich gar nicht fehlen und Halloween fängt doch sowieso erst im Dunkeln richtig an. Also könnt ihr genauso gut alle mitkommen.«

»Aber in der Kirche ist es doch bestimmt voll langweilig«, maulte Celina weiter. »Ich hab neulich mal im Fernsehen einen Trickfilm über Jesus gesehen, der war eigentlich ganz gut. Da hat er sich mit einem angefreundet, den sonst keiner leiden konnte, und der ist danach wirklich viel netter geworden und hat den Armen sein Geld gegeben und so was alles. Wollen wir nicht lieber zu mir gehen und gucken, ob es vielleicht wieder so einen Film gibt?«

Bennis Augen fingen an zu leuchten, und auch Emma und Rima sahen sich an und guckten dabei so, als ob sie auch mehr Lust auf Trickfilme als auf die Kirche hätten. Kerim tat erst mal so, als hätte er Freddies Vorschlag gar nicht gehört. Wir waren jetzt vor dem Regal mit dem Katzenfutter angekommen, und er drehte eine Dose immer so hin und her, als ob er genau wissen wollte, was da alles drin war.

»Also ich würde mitkommen«, beschloss Violetta. »Macht ja nichts, dass ich katholisch bin. Wenn in der Schule unsere Religionslehrerin krank ist, haben wir auch immer bei der evangelischen.«

»Dann geh ich auch«, sagte ich schnell. Dass Violetta

mit Freddie alleine in die Kirche ging, wollte ich auf keinen Fall. Nicht mal, wenn seine Eltern und seine Geschwister dabei waren.

»Ich auch«, meinte Hung. »Wer keine Lust hat, kann ja inzwischen schon mal die Clubzentrale schmücken.«

»Alleine?« Celina zeigte ihm einen Vogel. Emma und Rima wollten das auch nicht, und so beschlossen wir, alle zu gehen, sogar Kerim.

Aber erst mal suchten wir in Ruhe das Katzenfutter und alles andere für Mia aus und liefen zurück, um die Sachen zu Frau Nitschmann zu bringen.

»Ich bin gespannt, ob sich Mia schon ein bisschen eingelebt hat«, sagte Emma und ging auf einmal so schnell, dass wir fast rennen mussten, um mit ihr Schritt zu halten. »Vielleicht liegt sie wirklich schon auf Frau Nitschmanns Schoß und hat sich eingerollt.«

An der Wohnungstür hörten wir Mia aber miauen, und da sagte Freddie, dass sie dann bestimmt nicht irgendwo eingerollt liegt und schläft. Wir klingelten und Frau Nitschmann öffnete uns. Sie zog ihre Wohnungstür nur einen kleinen Spalt auf, aber wir mussten ja alle hindurch und es gab ein ziemliches Gedränge.

»Kinder, passt auf!«, rief Frau Nitschmann. »Nicht dass die Katze euch noch zwischen den Beinen entwischt!«

Erschrocken blickten wir zu Boden, ich stellte keuchend die Tüte mit der Katzenstreu ab, die Kerim, Hung und ich abwechselnd getragen hatten, aber da war es auch schon passiert.

»Mia!«, schrie Emma und wollte schnell die Tür zudrücken, aber Mia flitzte wirklich genau im selben Moment an uns vorbei, und Emma konnte nichts dagegen tun, sonst hätte sie die Katze noch in der Tür eingequetscht.

Ich hätte nie gedacht, dass eine Katze so schnell sein kann. Erst recht nicht bei einer, die schon mindestens sieben Jahre alt ist. Aber Mia war so schnell draußen und die Treppen runter, dass keiner von uns sie noch rechtzeitig packen konnte, nicht einmal Freddie, der ja selber mal eine Katze gehabt hatte.

»Hinterher!«, rief Kerim und rannte auch schon los, um Mia einzufangen. »Wenn sie in den Keller entwischt und da jemand von außen die Tür aufmacht, ist Mia verloren!«

Benni und ich wollten schon hinterherstürmen, aber Hung hielt uns zurück.

»Wir müssen uns aufteilen«, meinte er. »Vielleicht kommt Mia wieder hoch, und dann ist keiner schnell genug hinter ihr, um sie zu schnappen. Am besten, in jeder zweiten Etage hält einer von uns Wache, damit wir sie umzingeln können. Dann ist die Chance am größten, dass wir sie bald haben!«

Er drückte den Fahrstuhlknopf. Emma gab schnell Frau Nitschmann die Tüte mit dem Katzenfutter, dann stiegen wir ein und fuhren nach oben, wobei wir unsere Posten so einnahmen, wie Hung vorgeschlagen hatte. Ich stand oben vor unserer eigenen Wohnungstür und lauschte nach unten, hörte Kerims Stimme, die nach Mia rief. Dann wurde von außen die Haustür aufgeschlossen. Ich merkte, dass meine Hände feucht wurden. Aber es war nichts Besonderes zu hören, kein Miauen, keine Stimme eines Erwachsenen. Eine ganze Weile passierte nichts weiter, und ich begann schon, mich etwas zu langweilen. Aber dann bemerkte ich plötzlich, dass ein Duft nach gebratener Leber durchs Treppenhaus zog. Im nächsten Augenblick war auch schon Freddie, der im zehnten Stock gewartet hatte, bei mir. Auch er schnupperte.

»Gebratene Leber«, stellte er fest. »Katzen *lieben* gebratene Leber, das weiß ich noch von unserer! Vielleicht geht sie da hin, von wo der Geruch kommt!«

Wir rannten nach unten, und je tiefer wir kamen, desto stärker wurde der Geruch.

»Der Hausmeister«, flüsterte Freddie. »Der macht sich Leber zum Abendessen! Warum kann es nicht jemand anders sein?«

»Glaubst du, Mia ist bei ihm?«, fragte Kerim, der gleichzeitig mit uns angekommen war. Auch die anderen hatten den Essensduft bemerkt, und so standen wir alle zusammen vor der Tür des Mannes, der nicht gerade unser bester Freund im Haus war.

»Im Keller war Mia nicht«, berichtete Kerim. »Dabei haben wir überall gesucht und Benni ist in jede Ritze gekrochen!«

»Dann *muss* sie hier sein«, meinte Emma. »Ich klingel da jetzt. Sonst gerät Mia vielleicht noch in Lebensgefahr!«

»Glaubst du, er will sie gleich mit in die Pfanne legen?«, lachte Hung und erntete einen wütenden Blick von Emma. Sie klingelte, und schon stand der Hausmeister vor uns und musterte uns unter seinen dicht gewachsenen schwarzen Augenbrauen.

»Guten Tag«, sagten wir im Chor, und Violetta fragte ganz höflich, ob ihm vielleicht eine Katze zugelaufen sei.

»Sie gehört Frau Nitschmann«, erklärte sie schnell. »Wir haben sie gerade erst aus dem Tierheim geholt, damit sie nicht so allein ist.«

»Wer?«, fragte der Hausmeister und grinste ein bisschen schief. Richtig zornig sah er nicht aus. »Die Katze oder Frau Nitschmann? Wer ist sonst zu allein?«

»Beide«, antwortete Violetta, und wir anderen nickten.

»Na, dann nehmt sie mal wieder mit«, brummte er, und da kam auch schon Mia um die Ecke und strich ihm um die Beine. Er nahm sie auf den Arm und gab sie Violetta. »Aber zu fressen braucht die heute nichts mehr, das könnt ihr der guten Frau gleich mitteilen. Die hat genug. Ist mir einfach auf den Tisch gesprungen und hat sich das größte Stück Hühnchenleber geklaut. Jetzt muss ich mir zu meinem Kartoffelbrei noch ein Spiegelei braten, um satt zu werden. Dieser kleine Teufel.«

Wir bedankten uns schnell und stiegen nach oben, Frau Nitschmann wohnt ja nicht so hoch. Mia hielt auf Violettas Arm ganz still. Und bei Frau Nitschmann ließen wir sie nicht eher runter, als bis die Wohnungstür auch wirklich fest zu war. Frau Nitschmann setzte sich in ihren Sessel und seufzte erleichtert, Mia sprang mit einem Satz auf ihren Schoß und rollte sich zusammen. Sie war also nur so wild geworden, weil sie Hunger gehabt hatte.

Zwei Feste auf einmal

Am nächsten Samstag war dann endlich Halloween, und ich war froh, dass Emma und ich erst mal mit Freddie und den anderen zur Kirche gehen konnten. Sonst wäre mir der Tag viel zu lang geworden, bis wir uns endlich verkleiden und losgehen wollten.

»Ihr wollt in die Kirche?«, fragte Mama erstaunt, als Emma und ich beim Frühstück davon erzählten. Wir saßen schon fertig angezogen am Tisch – sonst frühstücken wir immer im Schlafanzug, wenn wir freihaben. Emma versuchte zu erklären, was der Reformationstag ist und was Freddie in der Kirche machte. Mama staunte noch mehr, und Papa sagte, wir sollen ihn in unser Gebet mit einschließen.

»Sagt dem lieben Gott, er soll es mir nicht übel nehmen, dass ich so lange nicht mehr an ihn gedacht habe«, meinte er augenzwinkernd. Ich versicherte, dass er ihm das bestimmt verzeihen würde. Dann mussten wir los.

Zu Freddies Kirche mussten wir ein paar Stationen mit

dem Bus fahren. Das tun wir sonst nicht oft, weil wir vom Brunnenplatz aus fast alles, was wir brauchen, zu Fuß erreichen können.

In der Kirche zogen wir unsere Anoraks aus und besetzten ganz alleine eine ganze Bankreihe, aber wir waren ja auch viele Kinder. Freddie sah richtig feierlich aus, er hatte ein weißes Hemd und eine dunkelgraue Stoffhose an, die aussah wie von einem Geschäftsmann. Emma, Rima, Celina und auch Violetta konnten gar nicht mehr aufhören, ihn anzustarren. Das weiße Hemd stand ihm aber auch wirklich gut, er sah aus wie ein Bild von Michael Jackson als Kind, das ich mal bei Celina in einer Zeitschrift gesehen hatte.

Nach und nach kamen immer mehr Leute in die Kirche. Zuerst unterhielten sich alle noch, aber dann plötzlich zuckte ich ein bisschen zusammen, weil die Orgel so laut zu spielen begann. Der Pfarrer ging in seinem langen schwarzen Gewand nach vorne und begrüßte die Leute, dann wurde ein Lied gesungen. Ich kam mir ein bisschen dumm vor, weil ich es nicht kannte, aber dann sah ich, dass es meinen Freunden – außer Freddie natürlich – genauso ging. Emma und Rima bewegten aber einfach den Mund wie bei einer Playback-Show und das machte ich dann auch. Da war es nicht ganz so peinlich.

Danach sang Freddies Chor ganz alleine. Der Chor bestand aus Kindern und Erwachsenen und es waren außer seiner Familie auch noch andere mit einer dunklen Hautfarbe dabei. Das Lied klang irgendwie amerikanisch, gar nicht wie die anderen Kirchenlieder, und die Chorsänger wippten dazu so sehr im Takt, dass ich gedacht habe, wahrscheinlich würden sie am liebsten tanzen. Ich wusste aber nicht, ob das in einer Kirche erlaubt ist.

Danach hat der Pfarrer ganz lange etwas über diesen Martin Luther und über Jesus erzählt, aber ich habe das meiste nicht kapiert. Es muss aber ungefähr das gewesen sein, was uns Freddie auch schon erzählt hatte, bloß ausführlicher.

»Ist das langweilig«, stöhnte Benni und rutschte auf seinem Platz herum.

»Pssst«, machte Violetta und versuchte, ihn davon abzuhalten, dass er zu sehr zappelte. Sie hörte dem Pfarrer wirklich zu. Plötzlich fing Hung an, in Zeichensprache mit uns zu reden. Er hat mit seinen Fingern immer die Buchstaben geformt, und wir mussten raten, was das heißt, und auf die gleiche Art antworten. Als wir dazu auch keine Lust mehr hatten, malten wir uns gegenseitig Bilder auf den Rücken, die der andere auch immer erraten musste. So merkten wir gar nicht, dass auf einmal die Predigt zu Ende war und wieder gesungen wurde.

Im Mittelgang stand jetzt eine Frau und reichte einen Korb durch, in dem lauter Geldstücke lagen. Ich dachte mir schon, dass das für arme Leute sein sollte, und hatte schon wieder so ein peinliches Gefühl, weil Emma und ich gar kein Geld dabeihatten. Von uns legten nur Violetta und Hung Geld in den Korb. Benni tat so, als würde er sich ein paar Münzen herausnehmen, aber dann grinste er doch bloß und ließ alles wieder zurück in den Korb klimpern. Freddies Chor sang noch mal ein Lied, wieder so ein amerikanisches, und dieses Mal sogar auf Englisch. Die Strophen klangen ein kleines bisschen traurig, der Refrain aber fröhlich, und sie schwangen dabei auch wieder mit dem ganzen Körper hin und her. Einmal hörte ich Freddies Stimme ganz deutlich heraus. Vielleicht wird er später mal ein berühmter Sänger.

Als wir nach dem Gottesdienst wieder auf der Straße standen, dachte ich aber gleich wieder an Halloween.

»Haben heute überhaupt Geschäfte auf?«, fragte ich leise Hung, weil mir innen drin noch so feierlich zumute war wie sonst nur sonntags manchmal oder zu Weihnachten und Silvester. Hung sagte, na klar, aber in manchen Bundesländern auch nicht, wegen des Reformationstages. Da hatten wir Glück, denn wir hatten ja noch gar nichts für unsere Halloween-Party eingekauft. Ganz schnell gingen wir nach Hause und schnappten uns unser Taschengeld, und ich hatte ein etwas schlechtes Gewissen, weil wir das jetzt für Kürbis-Luftschlangen und Gespensterlollis ausgeben würden und nichts in der Kirche für die armen Leute gespendet haben. Aber vielleicht können wir ja mal auf dem Brunnenplatz einen Flohmarkt machen, wenn es draußen wieder wärmer und heller wird, und das Geld dann armen Leuten geben. Oder dem Tierschutz spenden. So hatte ich gleich schon einen Plan für den Frühling, aber den schob ich jetzt doch noch mal beiseite. Wir kauften noch eine Kürbis-Lichterkette, Pappbecher mit Kürbissen drauf, Cola, Limo und Knabberzeug, und schleppten alles in einer großen Plastiktüte in unsere Clubzentrale. Die Mädchen fingen gleich an, alles zu schmücken, aber wir Jungs unterhielten uns lieber darüber, wie wir uns verkleiden wollten. Je gruseliger, desto besser.

»Zum Glück müssen wir heute nicht zum Mittagessen nach Hause«, sagte ich, als wir ausprobiert hatten, wie es aussah, wenn wir uns unter einem weißen Bettlaken mit der Taschenlampe in den Mund leuchteten. Emma und Rima kreischten vor Schreck, also wirkte es gut. »Meine Mutter bringt uns Kürbissuppe und einen ausgehöhlten Kürbis, wenn wir von unserer Runde zurück sind.«

Dann verkleideten wir uns und warteten darauf, dass es dunkel wurde und wir endlich losgehen konnten. Kerim hatte sich ganz schwarz angezogen und trug eine schwarze Maske um die Augen. Benni hatte sein Faschingskostüm vom Februar an, das Batman darstellen sollte, und Freddie war ein weißes Gespenst mit riesigen, schrägen schwarzen Augen. Die Mädchen bis auf Violetta gingen alle als Hexen, Celinas Kostüm war besonders cool. Ihre Mutter hatte ihr die Haare so komisch in alle Richtungen gebürstet und mit grünem Haarspray eingesprüht, und jetzt malte ihr Violetta noch eine dicke schwarze Warze ins Gesicht. Celina hatte auch Hammer mitgebracht und sogar der war verkleidet. Um seinen dicken, kurzen Hals trug er ein schwarzes dreieckiges Tuch, auf dem »Gangster« stand.

»Vampirzähne braucht er nicht«, lachte ich. »Sein Unterkiefer steht ja sowieso schon so schön vor.«

Violetta war eine Fledermaus, das Kostüm hatte sie sich selbst aus Pappe und schwarzen Tüchern gezaubert und sich richtig toll fledermaushaft geschminkt. Hung war ein Vampir, er hatte so ein künstliches Gebiss aus Plastik und überall echtes Theaterblut am Mund. Ein bisschen hatte er noch übrig, das durften wir benutzen, aber ich hatte eine Horrormaske aus Gummi und sonst ganz normale Sachen an, da schmierte ich mir nur auf die Hände ein wenig. Die Maske wollte ich so lassen, wie sie war, die war auch so schon gruselig genug. Violetta hatte einen kleinen Spiegel dabei, darin konnten wir uns alle bewundern. Wir hatten uns von einer ganz normalen Kinderbande zu einer echten Schockerclique verwandelt.

»Wenn uns so die Meckerliese sieht«, meinte Hung. »Die fällt glatt in Ohnmacht.«

»Die Meckerliese?«, wiederholte Emma mit einer etwas piepsigen Stimme. »Ich dachte, wir klingeln nur bei den Leuten hier im Haus!«

»Dachte ich auch«, piepste Rima und griff nach Emmas Hand. Violetta legte ihnen den Arm um die Schultern und wollte ihnen etwas Beruhigendes zuflüstern, aber Kerim sagte, nur im eigenen Haus wäre es doch langweilig.

»Bei den Türken waren wir schon am Zuckerfest, und Frau Nitschmann würde sich zu sehr erschrecken«, fand er. »Ein bisschen Nervenkitzel muss zu Halloween aber sein! Sonst können wir gleich zu Hause bleiben und Sandmännchen gucken.«

»Außerdem können wir uns auf diese Art endlich mal an der Meckerliese rächen«, bekräftigte Hung. »Die kann sich ruhig auch mal ein bisschen gruseln.«

Das fand ich auch, und Benni schlug gleich vor, ihr Stinkbomben durch den Briefkasten zu werfen.

»Oder Chinakracher!«, rief er und machte schon die Knallgeräusche davon nach, bloß natürlich viel leiser. »Hast du Chinakracher, Kerim?«

Weder Kerim noch Hung oder ich hatten welche. Hung sagte aber, mit seinem Chemiekasten könnte man bestimmt irgendetwas mixen, das zumindest ordentlich zischt und stinkt.

Eine Weile aßen wir unsere Knabbersachen, tranken Cola und Zitronenlimo und spielten »Mord im Dunkeln«, obwohl es noch gar nicht richtig dunkel war. Danach ging Hung wirklich nach oben und holte seinen Chemiekasten. In einem Reagenzglas, wie wir sie auch in der Schule haben, mischte er ein paar Flüssigleiten durcheinander und hielt sie uns unter die Nase.

»Ich rieche nichts«, bemerkte Celina. Hung kippte noch eine gelbe Flüssigkeit hinzu und ließ uns noch einmal schnuppern. Dieses Mal wurde Celina ganz blass. Violetta sprang auf und öffnete das Kellerfenster.

»Faule Eier«, stöhnte sie. »Das stinkt nach faulen Eiern, Hung. Igitt, kipp das sofort weg.«

Wir Jungs fanden den Gestank eigentlich lustig. Besonders Benni fing gleich an, Pupsgeräusche zu machen, aber zum Glück pupste er nicht richtig. Die Mädchen hielten sich trotzdem die Nase zu, Celina stand am offenen Fenster und fächelte sich frische Luft zu.

»Genau das Richtige für die Meckerliese«, kicherte Freddie. »Jetzt müssen wir aber los, Leute. Dunkel genug ist es auf jeden Fall.«

Hung füllte die Flüssigkeit in ein kleines, durchsichtiges Gefäß und schob dieses in seine Hosentasche. Celina schnappte sich die leere Tüte vom Supermarkt. Dicht hintereinander schlichen wir über die Kellertreppe in den Hausflur. Wir machten kein Licht, nur die Straßenlaternen schienen bleich ins Treppenhaus. Violetta fragte, bei wem wir zuerst klingeln wollten. Emma und Rima hatten immer noch Angst und klammerten sich aneinander, deshalb fuhren wir mit dem Fahrstuhl in den zehnten Stock und stellten uns zuerst vor der Tür unserer Nachbarwohnung auf. Das Ehepaar, das darin wohnte, kannten wir ein bisschen; der Mann putzte jeden Samstag sein Auto, bis es überall glänzte, und gab immer damit an, dass man dem Wagen nicht ansehe, wie alt er schon ist. Er öffnete uns.

»Gib uns Süßes, sonst gibt's Saures!«, riefen wir. Der Mann tat so, als hätte er fürchterliche Angst vor uns, dann lachte er aber und schüttete Bonbons in unsere Tüte. Danach klingelten wir bei einem von Kerims Onkeln, das war aber überhaupt nicht aufregend, weil wir ja schon wussten, dass er nett war und uns bestimmt etwas geben würde.

»Wollen wir nicht doch zu Frau Nitschmann gehen?«, flüsterte Emma. »Sie wartet bestimmt schon auf uns.«

Also schlichen wir die Treppe hinunter, so leise wir konnten.

»Wir müssen aufpassen, dass die Katze nicht wieder entwischt«, sagte Hung.

»Dann müssen wir Licht machen«, meinte Rima.

»Auf keinen Fall!«, zischte Kerim. »Dann können wir gleich …«

»… zu Hause bleiben und Sandmännchen gucken«, beendeten wir Jungs den Satz. Trotzdem setzte sich Violetta durch, indem sie sagte, mit den Gruselmasken dürften wir nicht vor Frau Nitschmann treten. Celina nahm Hammer an der kurzen Leine.

»Wir müssen wenigstens ankündigen, dass wir verkleidet sind«, meinte sie. »Als sie jung war, gab es in Deutschland noch gar kein Halloween.«

Wir klingelten also vorsichtig, und als wir ihre Schritte durch den Korridor schlurfen hörten, hockte sich Benni vor den Briefschlitz und hob die Klappe an.

»Frau Nitschmann, wir sind es«, rief er mit gedämpfter Stimme. »Aber Sie dürfen keine Angst vor uns haben, wir haben uns zu Halloween verkleidet.«

Ich nahm trotzdem vorsichtshalber meine Gruselmaske ab, als sie die Tür öffnete. Unser »Wir möchten Süßes, sonst gibt's Saures« sagten wir bei ihr nur ganz leise und freundlich, und zum Glück erkannte uns Frau Nitschmann auch gleich und legte ein paar Schokolinsen in unsere Tüte. Wir fragten nach Mia.

»Sie liegt unter der Heizung und schläft«, lächelte unsere Nachbarin. »Ich glaube, jetzt hat sie sich richtig gut eingelebt. Wen wollt ihr denn noch alles erschrecken? Vielleicht den Hausmeister?« Dabei kicherte sie in sich hinein.

Die Frage nach dem Hausmeister verschlug uns die Sprache. Warum waren wir nicht von selbst daraufgekommen? Eilig verabschiedeten wir uns von Frau Nitschmann.

»Zum Hausmeister, los!«, sagte Kerim, sobald ihre Tür geschlossen war. Emma und Rima jaulten ein bisschen, aber wir waren sowieso schon fast da, also konnten sie nicht viel machen. Wir klingelten einmal, nach einer Weile noch einmal, aber der Hausmeister machte nicht auf.

»Nicht da«, stellte ich fest. »Also doch zur Meckerliese. Jetzt oder nie!«

Komischerweise protestierte niemand, nicht einmal Emma und Rima. Wir holten schnell unsere Jacken aus der Zentrale, weil es draußen schon wieder regnete. Mit unseren Kapuzen getarnt rannten wir über den Brunnenplatz. Freddie wusste, bei wem wir klingeln konnten, ohne dass es Ärger gab, denn er hatte ja selber mal in dem Haus gewohnt. Die Haustür sprang auf und wir huschten hinein. Ich hatte es ja geahnt. Noch nie hatte mir an Halloween so heftig das Herz geklopft.

Halloween bei der Meckerliese

Es ist immer aufregend, durch fremde Treppenhäuser zu schleichen. Die Geräusche sind anders als im eigenen Haus, auch wenn das fremde Hochhaus genauso aussieht wie das eigene. Man hört andere Stimmen hinter den Wohnungstüren und auf den Klingelschildern stehen Namen, zu denen man keine Gesichter kennt. Jetzt im Dunkeln aber war es so spannend, dass ich beinahe vergaß zu atmen. Es war gar nicht so leicht, uns möglichst lautlos durch das Treppenhaus zu bewegen. Emma und Rima schreckten bei jedem kleinen Geräusch zusammen, Violetta machte beruhigende Zischlaute und Benni fragte dauernd irgendwas.

»Knister nicht so laut mit der Tüte«, zischte Hung Celina an, die heimlich hineingegriffen hatte, um etwas zu naschen.

»Du hättest sie ja zurück in die Clubzentrale bringen können«, gab Celina zurück. »Wieso musste ich sie überhaupt mitschleppen?«

»Das hat dir niemand befohlen, und von deinem einen Bonbon wird sie jetzt kaum leichter«, flüsterte Kerim. »Das Einzige, was passiert, wenn du jetzt futterst, ist, dass du Verdacht erregst.«

Celina schob sich schnell irgendetwas in den Mund, dann packte sie die Tüte so, dass sie kaum noch raschelte.

»In welchem Stock wohnt die Meckerliese?«, fragte ich Freddie leise. Wir hatten sie zwar schon einmal von unserem Treppenhaus aus beobachtet, als wir eigentlich einem Sommergewitter zusehen wollten, aber ich wusste nur noch, dass es ziemlich hoch oben gewesen war. Außerdem fiel mir ein, dass wir gar nicht wussten, wie sie heißt. Bei der Brunnenplatzparty im Sommer hatte der Hausmeister »Brunhilde« zu ihr gesagt, aber vom Nachnamen hatte ich keinen blassen Schimmer.

»Im siebenten«, antwortete Freddie. »Wir müssen bei *Morthorst* klingeln, das ist sie.«

Also schlichen wir nach oben. Irgendwo unter uns wurde eine Haustür geöffnet, jemand schlurfte auf Pantoffeln zum Müllschlucker und leerte einen Beutel aus. Wir erstarrten in der Bewegung, damit wir nicht gehört wurden. Einmal kamen Leute vom Einkaufen zurück, machten Licht im Treppenhaus und gondelten mit dem Fahrstuhl an uns vorbei. Wenig später ging das Licht jedoch wieder aus. Und dann standen wir endlich bei der Meckerliese vor der Tür.

»Wer klingelt?«, fragte Freddie in die Runde.

»Du«, schlug Celina vor. »Du kennst sie schließlich am besten.« Sie raschelte wieder etwas mit der Tüte.

»Gar nicht«, wehrte sich Freddie. »Nur weil ich mal hier gewohnt habe, heißt das noch lange nicht… was ist mit dir, Kerim? Du bist der Boss.«

Aber auch Kerim zögerte. »Dann kann ich auch bestimmen, wer das machen soll«, meinte er. »Ich bin für Hung, der hat schließlich die Stinkbombe gebaut.«

»Damit habe ich genug getan«, fand Hung. »Wie wär's mit Benni? Der kann schnell durch eine Lücke entwischen, falls die Meckerliese nach ihm greift.«

»Okay, mach ich.« Schon streckte Benni seine Hand aus und wollte auf den Klingelknopf drücken, aber Rima hielt ihn zurück.

»Nicht«, wimmerte sie. »Ich trau mich nicht, ich hab Angst!« Sie trat sogar von einem Fuß auf den anderen, als ob sie gleich in ihre Strumpfhose machen würde. Ich blickte zu Emma und sah, dass sie auf ihren Fingernägeln knabberte. Das macht sie nur, wenn sie sich wirklich fürchtet.

»Dann Violetta«, entschied Kerim. »Wenn die Meckerliese ausrastet, kannst du dich am besten entschuldigen.«

»Wir sind nicht zum Entschuldigen hergekommen, sondern um Geister zu verjagen!«, erinnerte uns Hung. »Also, irgendeiner muss es jetzt tun.«

Wir schwiegen. Benni wollte jetzt wirklich klingeln, aber Violetta hielt immer noch seine Hand fest. Emma und Rima zitterten. Hammer winselte und schnaufte, offenbar dauerte ihm alles zu lange.

»Olli«, sagte Kerim plötzlich und drehte sich zu mir um. »Was ist eigentlich mit dir? Als stellvertretender Boss kannst du dich ruhig auch mal was Gefährliches trauen.«

»Finde ich auch«, stimmte Hung zu.

»Neiiin«, wimmerte meine Schwester.

»Doch«, sagte Celina. »Olli klingelt. Sonst gehe ich.«

»Aber meine Mutter bringt nachher schon die Suppe«, warf ich ein. »Jeder muss irgendwas Wichtiges machen.«

»Deine Mutter bist nicht du«, bekräftigte Celina. »Mach jetzt, sonst können wir gleich wieder gehen.«

»Geh doch«, entgegnete ich. Aber dann atmete ich tief ein, straffte meine Brust und hob die Hand. Mein Zeigefinger zitterte, als ich ihn auf die Klingel legte. Auch die anderen waren jetzt ganz still. Ich drückte drauf. Der Klingelton schrillte durch meine Ohren, und es kam mir vor, als würde er durchs ganze Treppenhaus hallen. Ich spürte meine Handflächen nass werden und wäre am liebsten abgehauen; Emma und Rima hatten sich wirklich schon zur Treppe gewandt. Aber dann fing plötzlich Hammer an zu bellen.

»Schschscht«, machte Celina, dann blickte sie verzweifelt in die Runde. »Das macht er immer, wenn es klingelt, und wir haben ja den gleichen Ton wie die Meckerliese!«

Und ausgerechnet bei dem Wort »Meckerliese« wurde die Tür von innen aufgezogen und sie stand vor uns. Die Meckerliese. Brunhilde Morthorst. Ich zuckte zusammen und auch die anderen erstarrten. Wie sie sich da vor uns aufbaute, kam sie mir noch viel größer vor, als wenn wir sie draußen am Delfinbrunnen trafen. Auf einmal waren wir alle still. Ich fluchte innerlich, dass wir so lange gezögert hatten. Statt uns zu streiten, wer von uns nun klingelt, hätten wir es lieber gleich tun sollen. Jetzt hatten wir uns durch unsere Stimmen verraten. Im Treppenhaus hallt ja alles und hört sich dadurch noch lauter an als in einem Zimmer. Auch wenn man flüstert.

»Das ist ja unerhört«, fing die Meckerliese auch schon an zu schimpfen. »Als ob es nicht schon reichen würde, dass ich euch immerzu vom Platz verjagen muss! Jetzt scheint ihr auch noch zu glauben, ihr könntet im Treppenhaus machen, was ihr wollt! Aber da habt ihr euch getäuscht.« Sie streckte ihre Hand aus und wollte einen von uns packen. Emma und Rima rannten schon ein paar Schritte die Treppe runter, Celina stürzte hinterher. Kerim und Hung standen etwas unschlüssig herum, Violetta hielt Benni fest, als ob sie verhindern wollte, dass er irgendetwas anstellte.

Ich merkte, wie ich auf einmal innen drin ziemlich wütend wurde. Wir hatten uns doch nur leise unterhalten. Ich fand, sie konnte ruhig auch mal einen Spaß verstehen. Wenigstens an Halloween. Alle hatten sich extra so viel Mühe mit den Verkleidungen gegeben. Also atmete ich tief durch und nahm all meinen Mut zusammen. Mit der Maske konnte sie mich ja zumindest nicht auf den ersten Blick erkennen. Ich wollte nicht, dass wir einfach so wieder gingen.

»Gib uns Süßes, sonst gibt's Saures!«, sagte ich. Aber irgendwie machte meine Stimme nicht richtig mit. Es kam nur ein Piepsen heraus, dabei wollte ich mich anhören wie ein Horrormonster, passend zu meiner Maske.

»Was hast du gesagt?«, fragte die Meckerliese mit einem drohenden Donnern in der Stimme. »Ich habe dich nicht verstanden, du kriegst wohl die Zähne nicht auseinander?«

Ich holte noch einmal tief Luft.

»Gib uns Süßes, sonst gibt's Saures!«, wiederholte ich. Es klang immer noch hell und leise. Ein Horrormonster mit Piepsstimme, peinlicher ging es nicht. Hilfe suchend sah ich die anderen an, aber von denen rührte sich keiner. Nur Violetta öffnete leicht den Mund, aber sie sah aus, als ob sie sich eher bei der Meckerliese für die Störung entschuldigen wollte, als mir beizustehen. Da machte sich zum Glück auch Benni von ihr los.

»Gib uns Süßes, sonst gibt's Saures!«, rief auch er. Genauso piepsig wie ich. Aber jetzt schienen die anderen aus ihrer Starre aufzutauen und machten mit. Wir klangen wir ein Chor von eingeschüchterten Spatzen, die gleich von einer mächtigen Raubkatze gefressen werden sollen. Da ging auf einmal die Wohnungstür neben der Meckerliese auf.

»Nanu, was ist denn hier los?«, fragte eine freundliche Männerstimme, und im nächsten Augenblick stand auch schon ein junger Mann vor uns. Er kam mir bekannt vor, aber weil ich so aufgeregt war, wusste ich nicht sofort, woher. Kerim stieß mich an.

»Das ist der Filmstar!«, flüsterte er. »Weißt du noch, er hat mit der Verkäuferin in der Bäckerei geflirtet und war auch bei der Brunnenplatzparty!«

Jetzt erkannte ich ihn auch und atmete erst mal tief durch. Wir fanden damals, dass er wie der Star eines Actionfilms aussieht. Ich hatte ihn nur nicht gleich erkannt, weil er sich die Haare hat wachsen lassen und so ganz lässig geföhnt, nicht mehr mit Gel gekämmt wie im Sommer. Jetzt schlug er sich gegen die Stirn.

»Stimmt, heute ist ja Halloween!«, rief er und lachte laut. »Na, gute Frau Morthorst, dann seien sie mal nett zu den kleinen Geistern, damit sie Ihnen keine Streiche spielen! Haben Sie denn auch genug Süßigkeiten im Haus?«

Streiche spielen. Daran hatten wir überhaupt nicht gedacht. Keiner von uns hatte etwas dabei, keinen Senf für die Türklinke, keine Zahnpasta, die wir in ihren Briefschlitz schmieren konnten. Wir hatten nur die Stinkbombe aus Hungs Chemiekasten. Aber irgendwie hatte ich das Gefühl, die würde nicht mal dem netten Filmstar gefallen. Also hoffte ich, Hung würde sie in seiner Hosentasche lassen. Ich linste nach ihm, aber er machte keinen angriffslustigen Eindruck.

»Süßigkeiten«, brummelte die Meckerliese. »Für diese Frechheiten soll ich auch noch Süßigkeiten herausrücken! So weit kommt es noch!« Sie schüttelte den Kopf und drohte mit ihrem Zeigefinger, aber man konnte sehen, dass sie den Filmstar mochte. Deshalb sah sie schon etwas freundlicher aus, jedenfalls ihre Augen. Die Mundwinkel zeigten noch nach unten.

»Wenn ihr wenigstens was singen würdet«, fuhr sie fort. »So wie die Sternsinger am Dreikönigstag! Dann würde ich euch vielleicht was geben.«

»Heute ist ja leider kein Dreikönigstag«, erklärte Hung schnell. »Aber wenn Sie wollen, kommen wir dann wieder und singen Ihnen was vor.«

Die Meckerliese sah aus, als ob sie nicht wüsste, wie sie den Vorschlag finden sollte. Aber da trat Freddie plötzlich einen Schritt nach vorn und meinte, er wüsste ein Lied, das man auch an Halloween singen konnte.

»Es heißt *Dracula-Rock*«, erklärte er und legte auch

schon los. Da hörten wir zum ersten Mal, *wie* gut Freddie singen kann. Wirklich fast wie Michael Jackson als Kind, meine Mutter hat eine CD von ihm und seinen Brüdern, die sich damals die »Jackson Five« nannten; deshalb weiß ich, wie er damals klang. Jetzt hatten wir alle keine Angst mehr, sondern sangen ein bisschen mit und machten dazu Gespensterbewegungen. Als wir fertig waren, grinste die Meckerliese ein bisschen.

»Na, dann will ich mal sehen, ob ich etwas für euch habe«, sagte sie und wankte zurück in ihre Wohnung. Die Tür ließ sie angelehnt. Ich war froh, dass der Filmstar stehen blieb.

Nach ein paar Minuten, in denen wir es aus einem Zimmer rascheln hörten, kam sie zurück und sagte, wir sollten die Hände aufhalten. Dann schüttete sie jedem von uns ein paar Erdnüsse aus einer Tüte hinein, die mit einem komischen grünen Überzug bedeckt waren.

»Ich wünsche den Gespenstern guten Appetit«, sagte sie, ging wieder hinein und schloss die Wohnungstür hinter sich. Wir starrten in unsere Hände.

»Kann man die wirklich essen?«, fragte Emma und zeigte ihre Erdnüsse dem Filmstar.

»Kann man schon«, sagte er, »ich mag sie sogar sehr gern. Aber …«

Weiter kam er nicht.

»Eins – zwei – drei!«, zählte Kerim, dann ließen wir die

grünen Nüsse in unsere Münder fallen und kauten. Violetta war die Erste, die anfing zu japsen.

»Sind die scharf«, stieß sie hervor. »So was Scharfes hab ich noch nie gegessen!«

»Ich auch nicht!«, keuchten Emma und Rima wie aus einem Munde.

»Ich brauch was zu trinken!«, hechelte Celina.

»Schmeckt doch lecker«, gab Benni an und strich sich über den Bauch, dabei tränten ihm sogar die Augen, so scharf war das Zeug. Der Filmstar lachte und lachte, er lief mindestens so rot an wie wir, obwohl er gar keine Nüsse gegessen hatte.

»Warum habt ihr denn nicht auf mich gehört?«, rief er. »Das sind Wasabi-Erdnüsse, die sind immer so scharf, weil sie mit japanischem Meerrettich überzogen sind. Kommt rein und hängt euch an den Wasserhahn in meiner Küche, dann wird es gleich besser. Danach gehen wir mal zu meiner Freundin in den Bäckerladen. Vielleicht gibt es da etwas, das eure Zungen wieder besänftigt.«

Wir tranken, bis wir den Brand in unseren Mündern gelöscht hatten, und als wir wieder ins Treppenhaus traten, hörte ich die Meckerliese hinter ihrer Tür leise kichern. Ein bisschen ärgerten wir uns, weil sie *uns* einen Streich gespielt hatte und nicht wir ihr. Trotzdem war es gerade deshalb ein ganz besonderes Halloween.

Bei der Freundin vom Filmstar haben wir statt Süßigkeiten jeder ein Brötchen bekommen. Die haben wir gleich zu Mamas leckerer Kürbissuppe gegessen. Wir feierten noch den ganzen Abend Halloween, und ich fand es richtig schade, dass es nun keine Feiertage mehr geben würde, bis in vier Wochen endlich die Advents- und Weihnachtszeit anfing.

Patricia Schröder

Milla & Emilia

Was passiert, wenn eine echte Städterin auf ein richtiges Landei trifft? Es kracht erstmal gewaltig. Milla lebt erst eine Woche auf dem Land, doch von Emilia und ihren total verrückten Ideen hat sie jetzt schon genug. Freundschaft ausgeschlossen? Oh nein! Denn als Milla sich total in einen supersüßen Unbekannten verliebt, da ist Emilia mit den grandiosen Einfällen ihre Rettung – und prompt tauchen gleich mehrere Traumjungs auf, auf die Millas Beschreibung passt ...

Landei mit Liebeskummer
176 Seiten, ISBN 978-3-570-22282-9

Drei Jungs sind einer zu viel
176 Seiten, ISBN 978-3-570-22324-6

Freundinnen und andere Ungeheuer
176 Seiten, ISBN 978-3-570-22356-7

40119

cbj

www.cbj-verlag.de